KB270867

축하해

축하해

2008년 12월 10일 초판 1쇄 발행. 2020년 12월 14일 초판 11쇄 발행. 한국여성진흥원에서 기획하고, 박금선이 썼습니다. 도서출판 샨티에서 박정은이 펴내고, 이홍용이 편집을 했습니다. 박만희가 그림을 그리고 디자인 비따가 본문 및 표지 디자인을 했으며, 인쇄 및 제본은 상지사에서 하였습니다. 출판사 등록일 및 등록번호는 2003. 2. 11. 제25100-2017-000092호이고, 주소는 03421 서울시 은평구 은평로3길 34-2, 전화는 02-3143-6360, 팩스는 02-6455-6367, 이메일은 shantibooks@naver.com입니다. 이 책의 ISBN은 978-89-91075-50-4 03800이고, 정가는 14,000원입니다.

이 책은 여성가족부의 지원을 받아
한국여성인권진흥원에서 기획하여 만들었습니다.
Women's Human Rights Commission of Korea

이 도서의 국립중앙도서관 출판시도서목록(CIP)은 서지정보유통지원시스템 홈페이지(http://seoji.nl.go.kr)와 국가자료공동목록시스템(http://www.nl.go.kr/kolisnet)에서 이용하실 수 있습니다. (CIP제어번호: CIP2013019920)

축하해

박금선 지음

【샨티】

차례

우리는 서로가 '내 고향 사람'!

가만히, 가장 아끼는 친구를 떠올려보세요. 그 친구를 어떻게 사귀었나요? 처음에는 이름도 모르고, 얼굴도 모르고. 그러다가 눈이 마주치고, 이야기를 나누고, 어느 순간 그 친구가 내 마음에 들어옵니다. '언니'들과의 만남도 그랬습니다. 어색하게 만났지만, 이야기를 나누다보니 어느새 제 안에 언니들이 들어와 있었습니다.

이 글은 성매매를 했던 언니들의 이야기예요. 성매매라니, 낯설다고요? 그럴 거예요. 그러나 성매매가 우리와 아주 먼 일이기만 할까요? 현실은 그렇지도 않습니다. 지난 한 해 동안 우리 사회에서는 성매매와 관련된 적지 않은 사건들이 있었어요. 2007년 9월에는 고등학교 수학여행 성매매 사건도 있었고, 청소년끼리 성매매를 시킨 뒤에 화대를 갈취하는 범죄도 여럿 있었습니다. 나쁜 어른들을 흉내낸 거예요.

경찰청 자료를 보면 점점 더 많은 청소년들이, 점점 더 어린 청소년들이 성매매에 유입되고 있대요. 가정 폭력이나 성폭력, 빈곤 같은 문제로 고민하다가 가출한 청소년에게 '숙식 제공' '월수 000 보장'이라는 내용의 전단지와 한번 만나주면 용돈과 잠자리를 제공한다는 내용의 문자 메시지들은 이들을 혼란스럽게 할 수 있습니다. 성매매 범죄는 우리와 멀리 있지만은 않습니다. 그러나 친구들은 이미 알고 계시지요? 청소년 시기에 성매매에 유입되면 몸과 마음에 미치는 피해가 매우 심각하고, 성매매에서 벗어나는 길도 찾기 어렵습니다.

2007년 노동부와 여성부, (사)여성인권을지원하는사람들이 함께 진행한 '사회적 일자리 지원사업 탈성매매여성 동료상담원 지원사업'으로, 50여 명의 '언니'들이 새 길을 선택했는데, 우리가 만날 언니들이 그 언니들입니다. 언니들이 고통스러웠던 지난 시간을 이렇게 풀어놓은 것은 우리 청소년들만큼은 언니들이 겪은 고통을 절대 겪지 않아야 한다고 생각해서예요.

〈길〉이라는 오래된 영화가 있어요. 거기 여자 주인공이 남자 주인공에게, 처음으로 같이 식사를 하던 날 묻습니다. "당신은 어디 사람이에요?" 남자는 대답하죠. "내 고향 사람!" 그래요. 언니들을 만난 느낌을 묻는다면, 저도 '내 고향 사람' 같았다고 할래요. 여성이고 여자라는 고향, 딸이라는 고향. 색깔과 모양은 달라도 저마다의 사연이 있고, 열심히 살고 싶고, 행복해지고 싶고, 사랑받고 싶은 열망이 간절한 언니들은 분명, '이 땅의 여자' 라는, '이 땅의 여성'이라는 내 고향 사람입니다.

'앗, 이 길이 아니네─' 싶을 때, 그 길을 벗어나는 용기를 낸 언니들이 "성매매 없는 세상을 만들자"고 말하고 있습니다. 언니들의 말에 귀를 기울여주시고, 그리고 언니들이 새로운 선택을 한 뒤 사회에 잘 적응할 수 있게 지켜봐 주고 응원해 주세요.

여러분! 이 책을 통해 언니들을 만난 후에 더 넓어지고 더 깊어져서, 주변을 둘러보는 멋진 분이 되어주세요. 한번 길을 잃었다고 해서 영영 미아가 되는 게 아니라 다시 길을 찾을 수 있도록 도와주는 우리 사회를 만들어주세요. 더불어 살아가는 우리의 내일을 같이 앞당겨봐요.

2008년 겨울
친구들의 고향 사람이자 옆집 아줌마, 박금선 올림

세상에는 수많은 사람들이 저마다 사연을 안고 살아가.

개중에는 남에게 말할 수 없는 상처를 안은 사람도 있을 거야.
나에게는 남보다 많은 상처가 있지만,
소녀야, 나를 가엾다 여기지 마. 나는 지금 행복하단다.

내 이야기를 듣고 있는 소녀야, 너는 다른 길로 가렴. 나와는 다른 길로.
그래서 언제 돌아보아도 아름답고 소중한 열일곱 살이 되어라, 소녀야.

세상에
말 걸기

나는 갑자기 고객들 번호를 지우기 시작했어.

삭제! 다시 삭제, 삭제, 삭제, 삭제…… 삭제.

번호가 하나하나 사라질 때마다, 내 안의 어둠이 한 조각씩 걷히고 있었어.

휴대전화기 안에 저장된 전화번호를 다 정리했을 때, 천근만근이던 몸이

훨훨 날아오르면서 미소 짓고 있는 나를 발견했어.

열일곱 살 소녀에게 쓰는 편지

안녕, 열일곱 살 소녀야. 나는 마흔두 살 아줌마야.

내가 평범하게 자라 일찍 결혼했더라면 어쩌면 너만한 딸을 두었을지도 모르겠다.

그래서 열일곱 소녀에게 편지를 쓰냐고? 그래, 그렇기도 해.

그리고 또 한 가지 이유는 내 인생이 열일곱 살 때 어긋나기 시작했기 때문이지. 그래서 나는 열일곱 살이라는 말만 들어도, 17이라는 숫자만 보아도 가슴 저 안쪽이 아려온단다.

오늘도 나는 학교에 갔어. 마흔두 살인 내가 다니는 학교는 고등학교야. 가난하거나, 공부 시기를 놓쳤거나, 주변의 보살핌이 적었거나 여러 가지 사정으로 학교를 다니지 못한 분들이 다니는 특수 학교지. 그래서 학생들 나이가 십대부터 칠십대까지란다.

나는 사십대라 어린 축에 드는 학생이지. 우리 반에도 열일곱 살 먹은 친구가 있단다. 그 친구는 중학교를 졸업했는데, 집안 형편이 어려워서 고등학교에 진학할 수가 없었대.

그래서 아침부터 오후 3시까지는 학교에 다니고, 오후에는 주유소와 편의점에서 아르바이트를 해. 우리 학교는 학비가 저렴하고, 교복도 필요 없고, 2년 과정이라 일반 고등학교보다는 부담이 적거든.

나는 우리 반에서 그 친구가 제일 안쓰러워. 그러면서 부럽기도 하

고. 나도 저 친구처럼 이런 특수 학교라도 다니면서 아르바이트를 했
더라면, 마흔두 살 나의 모습은 지금과는 다를 것 같아. 좀더 밝은 얼
굴로, 좀더 활발하게 사회 생활을 하고 있을 것 같거든.

　오늘도 제일 어려운 숙제는 영어와 수학이야. 영어 단어를 외우는
것도 어렵고, 해석은 더더욱 어렵고, 수학도 만만치 않은 상대지. 그
래도 나는 열심히 하고 있단다.
　지금이라도 공부할 수 있는 기회가 주어졌다는 게 얼마나 기쁘고
행복하고 감사한지 몰라.
　물론, 이 글을 읽고 있는 열일곱 살 소녀인 너는 '마흔두 살에 고등
학생이라고? 저렇게 살면서 무엇이 행복하단 말인가?' 하고 의아해
하겠지만 말이야.

　부끄럽기도 하고 쑥스럽기도 하지만, 내 이야기를 해줄게. 대화를
하는 가장 좋은 방법은 귀 기울여 듣는 거라고 하더라. 우선 내 이야
기 좀 들어주런? 그 다음에는 내가 네 이야기를 들어줄게.
　우리가 어디에선가 만난다면, 나는 열일곱 살 소녀인 너에게 내가
만든 작은 손거울을 선물로 주고 싶어.
　내가 성매매 여성이었다가 그곳에서 탈출한 후에 여러 가지 자격

중을 땄거든. 피부마사지, 경락, 스파, 비만관리사, 발
마사지, 그리고 선물 포장과 리본 공예를 배웠는데, 작
은 손거울은 리본 공예에서 배운 거야. 무슨 색을 좋아
하니? 초록색? 노란색? 나는 너에게 신비한 보라색 리본
으로 장식한 손거울을 주고 싶구나.

　나는 지금 상담원으로 일하고 있어. 성매매 여성들을 상
담하는 일인데, 물론 상담사 과정을 공부했지. 동병상련이
라는 말이 있잖아. 같은 일을 했던 사람이기 때문에, 더 잘
이해할 수 있고, 그래서 그 친구들이 그곳을 벗어날 수 있
게 더 잘 도울 수 있단다. 성매매 여성을 상담하고, 학
교에서 공부도 하고, 그래서 나의 하루는 학교로
학원으로 뛰어다니는 너만큼이나 바쁘단다.

　사진 한 장 남아 있지 않지만 아마 나의 열일곱 살도 너의 열일곱
살처럼 예쁘고 귀여웠을 거야. 그런데, 이상하고도 슬프게 나의 열일
곱 살을 사랑으로 지켜보아 준 가족이 내게는 없었단다.
　너는 엄마랑 살고 있니? 아빠는? 동생은 있어? 언니나 오빠가 있
을지도 모르겠다. 외동이일 수도 있겠지. 지금 너를 사랑해 주는 사

람은 누구야? 엄마와 아빠, 할아버지, 할머니, 이모, 친구도 있다고? 선생님도? 참 좋겠다. 너를 사랑하는 사람이 열 손가락을 넘는다니, 부럽다.

솔직하게 말할게. 나는 엄마 얼굴을 몰라. 기억이 안 나. 물론 나도 처음에는 엄마 아빠의 사랑 속에 태어났을 거라고 생각해. 그런데 그 다음은 몰라. 내가 기억하는 건 네 살이나 다섯 살 때쯤이야.

안전벨트에 묶인 채 택시 조수석에 타고 있었던 장면이 생각나. 아빠는 택시를 운전하고 있었고, 나를 맡길 데가 없어서 나를 택시에 태우고 일을 했던 것 같아. 조수석에서 자다가 깨어나 어린 내가 울고 있는 장면이 무슨 영화의 한 장면처럼 가끔씩 보여.

나중에 들은 이야기인데, 우리 엄마와 아빠는 내가 네 살 때쯤 이혼을 하셨대. 아빠는 혼자 나를 키우다가 할아버지 댁에 잠시 나를 맡기기도 하셨지. 그때 일도 생각나는 건 거의 없고, 추석인 것 같은데, 나에게 한복을 사 입혀서 데리고 가셨던 것 같아. 그러다가 아빠는 재혼을 하셨어.

나는 새엄마가 생겨서 기분이 좋았는데 새엄마는 나를 좋아하지 않으셨던 것 같아. 아빠가 계실 때는 그래도 잘 해주고 밥도 같은 밥상에서 먹었는데, 아빠가 일을 나가시면, 어린 나에게 청소를 시키고 외출해서는 밥도 잘 주지 않았어.

그래, 나도 알아. 새엄마라고 해서 다 신데렐라의 새엄마나 팥쥐네 엄마 같지는 않다는 거. 그리고 친엄마라고 해도, 자녀를 사랑하지 않는 분도 있다는 거 알아.

세상에는 좋은 새엄마가 많지만, 나에게는 그런 행운이 없었어. 수입이 변변치 않자, 아빠는 사우디아라비아로 일하러 떠나셨어.

그때는 1970년대라서 우리나라의 건설 산업이 중동 지방에 활발하게 진출하던 시기거든. 아빠는 그곳에서 4년을 일하셨는데, 나는 그 시기가 정말 힘들었어.

새엄마는 아빠가 안 계시자, 친정 식구들을 데려다가 같이 살면서 나에게 밥을 하게 하고 설거지와 청소를 맡겼어. 밥도 새엄마와 친정 식구들이 다 먹은 다음에 남은 걸 먹어야 했고, 옷차림도 엉망이었단다.

새엄마가 친정 식구들과 놀러 가서 며칠 들어오지 않기도 했는데, 그때 나는 여기저기 뒤져서 밥을 해 먹기도 하고 아무리 뒤져도 먹을 게 없을 때는 수돗물을 한 대접씩 벌컥벌컥 마셨단다. 열 살도 안 된 나이에도 나는 살고 싶었어. 살고 싶어서 수돗물을 마시며 버틴 거란다.

나는 신데렐라가 되는 꿈도 꾸고 내가 콩쥐라는 생각도 해보았지만, 너무 힘들어서 참을 수가 없었어. 중학생이 되자 새엄마의 학대는 더 심해졌어. 마치 내가 하녀인 것처럼 대하더라고.

해서는 안 될 생각이었지만, 새엄마를 죽이고 싶었단다. 주방에서 반찬을 만들다가 거실에서 웃고 떠드는 새엄마와 이모를 보면 그대로 달려가서 식칼로 새엄마를 찌르고 나도 죽을까, 그런 끔찍한 생각을 얼마나 자주 했는지 몰라.

학교를 다니려면 여러 가지 지원이 필요하잖아. 준비물도 필요하고, 참고서도 있어야 하고. 너는 학교에서 점심시간에 급식을 먹지만, 내가 중학생일 때는 도시락을 싸가야 했는데, 도시락을 싸가는 건 상상도 할 수 없었어. 우리 집은 그 모든 준비물을 챙겨갈 수 있는 분위기가 아니잖아.

결국 나는 중학교를 졸업하고 고등학교에 갈 수 없었어. 그때는 아빠도 사우디아라비아에서 돌아오신 다음이었는데, 새엄마의 이야기만 듣고 아빠는 공부도 못하고 말도 안 듣는 나쁜 딸은 고등학교에 보낼 필요가 없다고 생각하셨어.

나를 낳은 아버지면서 나를 보호해 주지 않는 아버지에게 나는 배신감을 느꼈단다. 아빠는 내 말에는 귀를 전혀 기울이지 않으셨지. 그리고 그때 아빠와 새엄마 사이에는 남동생도 태어나서 나는 정말 찬밥신세였어.

새엄마가 들어온 후에 나는 친엄마 생각도 많이 했어. '엄마, 어디 있는 거야? 언제 나를 데려갈 거야? 돈 벌어서 나 데리러 올 거지? 기다리고 있을게, 내일은 꼭 와야 해.'

늦은 밤 어둠 속에서 똑바로 누워 엄마를 부르면 두 눈에서 흘러내린 눈물이 귓속으로 줄줄 흘러 들어갔어. 훌쩍이며 옆으로 누우면 눈물이 베개를 흠뻑 적셨지.

어떤 때는 엄마를 마구 원망했어. '엄마, 엄마가 뭐 그래? 남편과는 이혼했더라도 최소한 자식이 어떻게 사는지는 알아야 하는 거 아나? 책임지지도 못할 거면서 왜 나를 낳았어? 난 이 담에 엄마처럼은 안 살 거야. 엄마 같은 사람은 절대 안 될 거야.'

새엄마는 중학교를 졸업한 나에게 밥벌이를 해야 한다고 하시더라. 그러더니 시장통에 있는 의상실에 데리고 가서 보조일을 하게 했어. 실밥을 뜯고 청소하고 천을 날랐지. 월급날이 되면 새엄마가 의상실에 와서 내 월급을 받아갔기 때문에 나는 내 월급이 얼마인지도 몰랐어.

의상실에서 한 6개월쯤 일했나봐. 가을이 되었을 때, 결국 나는 더이상 참지 못하고 새엄마와 싸웠어. 지렁이도 밟으면 꿈틀한다는 속담이 있잖아. 바로 그런 순간이었지.

　나는 새엄마에게 소리소리 지르며 대들었어. 내가 바보인 줄 아냐고, 나를 왜 그렇게 미워하냐고, 새엄마는 나쁜 사람이라고 마구 소리를 질렀어.

　보통 때는 새엄마만 내게 소리를 지르고 욕했는데, 그날은 나도 덩달아 소리 지르고 욕한 거야. 무서웠어. 새엄마가 아빠한테 뭐라고 이를지도 걱정이고, 그 후에 아버지에게 혼날 일도 두려웠지.

　뒷일을 감당할 수 없다고 판단한 나는 내 비밀 지갑을 들고 집을 나왔어. 딸을 지켜주지 못하는 비겁한 아빠가 미워서 아빠가 사준 건 아무것도 가지고 나오고 싶지 않았어. 그동안 내가 애써서 모아온 비상금은 1만 5천 원. 나는 그 돈만 들고 입은 옷 그대로 가출한 거야.

　집을 나가서 일을 하면 혼자서도 먹고 살 수 있을 것 같았어. 구박만 받는 집보다는 차라리 바깥세상이 더 나을 것 같았지. 버스를 타다가 걷다가, 용산으로 가게 되었어.

　무얼 하며 살아야 할까, 생각하며 걷는데 '제과점 서빙 모집'이라고 적힌 종이가 벽에 붙어 있더라. 빵집 서빙이라면 열일곱 살 내가 하기에 퍽 적당한 일이라는 생각이 들겠지?

그래서 거기 적힌 전화번호로 전화를 했어. 목소리가 고운 아주머니가 근처 빵집에서 만나자고 하더라. 곱게 생긴, 젊었을 때는 참 미인이었겠다 싶은 아주머니였어.

"빵집 서빙 하려고? 빵집에 가기 전에 우리 집에 잠깐 들렀다가 같이 가자."

예쁜 아줌마가 친절하게 대해주자 나는 그만 그 아주머니에게 기대고 싶어졌어. 아줌마를 따라갔지.

골목을 돌고 돌아 들어간 아줌마네 집 마당에는 아이들이 참 많았어. 대여섯 살부터 초등학교 저학년 정도일 것 같은 아이들이 마당에 꼭 차게 뛰어놀고 있었지. 보기에 아이들은 모두 혼혈아였어. 안에 들어가자 아주머니는 따뜻하고 달콤한 차를 한 잔 주시더라.

"얘, 너 미군 오빠 사귀어보지 않을래?"

"미군 오빠요? 아니요, 전 빵집에서 일

할 거예요. 빵집 소개해 주세요."

"그래? 알았어. 그럼 잠깐만 기다려. 빵집을 소개해 줄 분들이 올 거야."

잠시 후에 아저씨 두 사람이 왔어.

"수입이 좋으려면 지방에 가서 일하는 게 더 나은데, 지방으로 가는 건 어떠니?"

"지방에 있는 빵집이요?"

"응, 광주야. 우리가 데려다줄게."

나는 그때 새엄마와 아빠가 싫어서 집과 최대한 멀리 떨어지고 싶은 마음뿐이었어. 그래서 좋다고 했지.

아저씨들은 나를 태우고 고속도로를 달렸어. 그러다가 어디에선가 차를 세우더니, 잠깐 눈을 붙이고 가야겠다는 거야. 너무 졸려서 운전을 못하겠다고. 그러더니 나를 여관으로 데려가서는……

이 글을 읽는 열일곱 살 소녀야. 그 다음에 어떤 일이 벌어졌는지 너는 상상할 수 없을 거야. 그 두 아저씨는 나를 번갈아 성폭행했어. 나는 너무 아프고 무서워서 몸을 떨기만 했어. 말도 한마디 할 수 없었어. 입이 꼭 붙어버린 것만 같았지.

아저씨들은 나를 데리고 광주의 어느 곳으로 데려갔는데, 그곳은 광주에서도 유명한 성매매 집결지였어. 말하자면, 남자들이 돈을 주고 여자를 사는 성매매업소들이 몰려 있는 곳이지.

나는 낯선 남자와 같이 잘 수 없다고 방에 들어온 남자를 물어뜯고 발로 차고 그랬어. 그랬더니 나를 마구 때리고 방에 가두더라. 그곳에서 일하던 어떤 언니가 혀를 차며 내게 말했어.

"네가 아직 어려서 그래. 좀 지내다보면 견딜 만해질 거야. 여기 데려올 때 남자들이 너를 성폭행했지? 나도 그랬어. 그게 그 사람들 수법이야. 이왕 망친 몸, 어쩌겠니? 그냥 시키는 대로 하는 거지."

그래, 그래서 나도 그 뒤부터는 저항하지 않고 그들이 '시키는 대로' 일을 했단다.

아, 그곳에 오는 남자들이 얼마나 이상한지 너에게 차마 말할 수가 없구나. 다른 사람을 학대하고 괴롭히면서 즐거움을 찾는 남자들이 많았어.

열일곱 살 소녀야, 너는 그런 일은 몰라도 좋아. 아니 모르는 게 좋아. 그곳에서 나는 많은 남자들을 보았단다. 땀 흘리며 노동을 한 다음에 피곤에 지쳐서 그 돈을 가지고 낯선 여자에게서 위안을 찾으려는 사람도 보았어.

여자 친구가 없는 외로운 사람들이었냐고? 물론 그런 사람도 있었겠지만, 놀라지 마, 아내도 있고 딸도 있는 평범한 중년 남자가 제일 많았단다.

돈을 주고 나를 사서, 내 몸을 탐한 후에 그들은 사라졌어. 차라리 섹스만을 원하는 사람은 그래도 나았어. 자신이 의사라고, 변호사라고 명함을 보여주면서 자랑하는 사람들 중에는 내 몸 구석구석을 헤집는 별 이상한 사람도 다 있었단다. 흔히 '변태'라고 하는 그런 사람들이지. 우리는 업소에서 그런 사람을 '진상'이라고 불렀단다.

편견일지도 모르지만, 내가 겪어본 남자들은 사회적 지위가 높고 돈이 많을수록 더 '진상'이었어. 의사가 되고 싶고, 변호사가 되고 싶은 네가 듣기에는 좀 거북하지? 하지만 내 경험은 그랬단다.

내가 만나는 세상은, 성매매업소와 거기 오는 손님들뿐이었어.

자신을 '시인'이라고 소개한 한 남자는 내게 말했지. "내가 시키는 이상한 짓을 하는 게 힘들지? 그럼 배우가 됐다고 생각해. 그냥 연기하는 거라고 생각하면 좀 낫지 않겠니?"

물론 그 남자는 포르노 필름 같은 데서 본 걸 나에게 시키면서 자신의 욕구를 충족시키려고 해준 말이었지만, 그 말이 도움이 되기도 했어.

그 일은 내가 하고 싶은 일도 아니고, 너무 싫은 일이어서, 내가 나로 존재하게 하는 일이 아니거든. 난 연예인이어서, 배우여서 연기를 하고 있을 뿐이라고 자꾸 나 자신을 속여야 했단다.

어느 때는 내가 인생 상담을 해주는 것 같기도 했어. 회사에서 일하기가 얼마나 힘든지, 아내와는 어떤 갈등이 있는지, 자신의 현실이 얼마나 비참하고 미래가 얼마나 두려운지 고민을 이야기하는 남자들도 많았거든. 그러면 나는 최선을 다해서 그 남자를 위로해 주려고 노력했어. 그런 때는 마치 내가 무슨 철학자가 된 것 같기도 했단다. 아주 잠시지만 말이야.

나는 그 세계에서는 '전국구'로 통했어. 전국구라면, 국회의원 생각이 먼저 나지? 나도 얼마 전에 학교에서 배웠는데, 지역구 국회의원 선거에서 5석 이상의 의석을 확보했거나 유효 투표 총수의 100분의 3 이상을 득표한 정당에게 전국구 국회의원을 배분한다며?

성매매 현장에서 전국구라는 말은, 그리 명예로운 호칭은 아니야. 그 세계의 전국구란, 성매매를 하는 여러 종류의 업소를 두루 전전했다는 뜻이야.

이를테면 룸살롱, 단란주점, 티켓다방, 전국 곳곳의 성매매 집결지, 전화발이를 두루 거쳤다는 거지. 전화발이라는 말이 생소하다

고? 그래, 그렇겠지. 전화발이는 일정한 곳에 대기하고 있다가, 성매매를 알선하는 사람의 전화를 받고 성을 팔러 가는 일이야.

　20년 이상 몸을 팔며 살았으면 돈 많이 벌었냐고 묻고 싶겠지? 그래, 나도 돈 많이 벌고 싶었지. 그런데 그 바닥은 돈을 벌 수 있는 구조가 아니었어.

　처음 그 길에 들어서는 여자들은 "나는 돈만 벌어서 얼른 이곳을 탈출해야지!" 하고 생각하기도 하고, "다들 빚을 진다는데, 나는 빚을 지지 않을 자신 있어!" 하고 생각하기도 하는데, 그곳의 구조를 알면 돈을 버는 일이 왜 불가능한지 알 수 있단다.

　처음에 광주에 가자, 옷을 주고, 미용실에도 데려가고, 내가 손님을 맞이하는 방에 화장대 같은 가구도 놓아주었어. 샴푸며 비누, 화장품 같은 것도 주고. 그런데 그게 다 내 이름 밑에 빚으로 적히더라고. 처음에는 그게 빚인 줄도 몰랐지 뭐야.

　손님에게 성을 팔아서 그 빚을 갚아나가라는 거지. 낯선 남자와 섹스를 하고 돈을 받아서 그 빚을 갚아나갔느냐고? 물론 그렇게 할 생각이었어.

　하지만 빚은 쉽게 줄지 않는단다. 몸이 아파서 하루 쉬겠다고 하면

벌금을 매겨서 빚으로 올린단다. 가게마다 금액은 차이가 있지만, 수
십만 원이지.

일을 좀 늦게 시작하면 지각비라는 명목으로 5만 원을 또 빚으로
올리고, 몸이 아파서 병원에라도 가려고 하면 결근 벌금에 병원비까
지 빚에 얹는단다. 그래서 대개는 빚이 줄어들기보다 늘어나는 상황
이 되어버려.

나도 많을 때는 2천만 원이 넘는 빚이 있었다니까. 손님에게 예쁘
게 보여야 하니까, 옷도 특이한 걸 사야 하고, 화장품도 많이 쓰지. 밖
에 나가서 옷을 사고 화장품을 사면 저렴한 곳을 골라 갈 수도 있지
만, 우리는 그곳에서 감시를 당하는 입장이라 바깥 외출은 힘들단다.

삼촌이나 이모부라고 불리는 성매매업소에서 일하는 남자들과 동
행해서 가야 해. 도망갈까봐 스물네 시간 감시하는 거야.

옷이나 화장품을 보따리에 싸가지고 팔러 오는 장사꾼들이 따로
있기도 해. 그런 데서 사면 물론 시중보다 비싸지만, 나갈 수가 없으
니까 살 수밖에 없단다.

도망가는 친구들도 간혹 있어. 하지만 도망간다고 빚에서 자유로
워지는 건 아니야. 일할 때 빚에 대해서 차용증을 쓰거든. 그래서 다
른 곳에 가 있어도, 빚을 갚으라는 통지서가 날아가. 채무자니까.

이제는 성매매방지법이 생겨서 성매매업소에서 만들어진 빚은, 아무리 차용증을 쓰고 사인을 해도 법적으로 효력이 없게 되었지만, 그건 2004년의 일이야.

그 전에는 꼼짝없이 그 빚을 갚아야 했어. 빚은 높은 이자까지 붙기 때문에, 나중에는 원금보다 이자가 더 많아지는 사태가 생겨서 빚을 갚아나가는 건 거의 불가능해.

열일곱 살 소녀야, 너는 엄마를 좋아하니? 엄마를 별로 좋아하진 않더라도, 엄마가 너를 많이 사랑한다는 건 알겠지? 나는 가끔 생각해 본단다. 나의 엄마는 나를 사랑할까 하고.

유감스럽게도 나는 나에게 '그렇다' 고 대답하지는 못하겠어. 왜냐고? 내 얘기 좀 들어봐.

작년에, 그러니까 내가 성매매를 그만두고 여러 가지 교육을 받은 후에 상담원으로 일하고 있을 때, 강원도 어느 지역의 동사무소에서 연락이 왔어.

"아무개 씨가 엄마지요? 이 분이 기초수급권자가 되고 싶어하시는데, 따님이 부양할 능력이 있는 걸로 나타나서 그 혜택을 못 받으십니다. 어머니를 부양할 뜻이 없다는 것을 증명해 달라고 어머니가

요청하셨습니다."

"왜 엄마가 직접 연락을 안 하시고요?"

"네, 직접 연락하고 싶어하지는 않으셨어요. 저희에게 연락해 달라고, 그 증명만 해주면 된다고 하셨습니다."

"그럼, 엄마는 내가…… 보고 싶지 않대요?"

"글쎄요, 그것까지는…… 여러 가지 사정이 있으시겠지요. 어머니는 연락처를 가르쳐주는 걸 원치 않으십니다."

"전화도 하지 말래요? 찾아오지도 말고? 그냥 서류만 해달라고요? 엄마는 내가 어떻게 살아왔는지 궁금하지도 않대요?"

"글쎄요. 그것도 저희로서는……"

열일곱 살 소녀야, 그때 내 마음 이해할 수 있겠니? 나는 소리쳤어.

"싫어요. 나는 엄마가 원하는 그런 일 해줄 수 없어요. 하지 않을래요!"

그러자 그 공무원이 쯧쯧 혀를 차며 내게 말했지.

"너무 하시네요. 여성 인권 기관에 근무하시잖아요. 좋은 데서 좋은 일 하시는데, 힘들게 살아오신 어머니 처지를 이해하시고, 어머니가 원하시는 대로 해주면 좋겠습니다. 저희 생각에는요."

열일곱 살 소녀야, 나는 그 순간에 정말 소리 소리 지르며 울고 싶었단다.

"당신이 뭘 알아? 내가 여성 인권 기관에 근무한다고? 좋은 데서 좋은 일 하며 산다고? 내가 지난 40년 동안 어떻게 살아왔는지 알아? 여성 인권 기관에서 일하기 전에는 내가 어떤 일을 하며 살아왔는지 알아? 엄마는 내가 숱한 남자들에게 얼마나 시달리며 목숨을 부지해왔는지 알아? 내가 계모한테 어떤 구박을 받으며 컸는지 그건 알아? 날 버려놓고, 이제 와서 내 도움이 필요하다고? 그것도 내 얼굴도 보지 않고, 내가 어떻게 살아왔는지 알고 싶지도 않고, 그냥 서류만 만들어달라고? 당신이 진짜 엄마 맞아? 당신이 나 낳은 거 맞아? 당신이 내 엄마라면 그럴 수는 없는 거야."

난 그날 공무원에게 말했어. 그 서류, 나는 만들어줄 수 없다고.

원망도 했지만, 그립기도 한 엄마였어. 마음 한편에서는, 엄마가 어쩔 수 없이 나를 두고 이혼을 했고, 여러 가지 형편이 여의치 않아서 나를 찾아올 수는 없었지만, 언젠가는 나를 찾아와서 안아줄 거라고 생각했어. 미안하다고, 못 돌봐주어서 미안하다고, 그러나 나를 날마다 생각했다고 울면서 말할 줄 알았어.

그럼 나도 같이 엄마를 끌어안고 울 거라고 상상했지. 엄마가 내 눈물을 닦아주고 나도 엄마 눈물을 닦아주고 한바탕 서럽게 운 다음에, 그동안 못 나눈 정 나누면서 가까이 살게 될 거라고 상상했어.

그런데 현실은 상상과 달라도 너무 다르더라. 37년 만에 연락해 온 엄마는 나를 만나고 싶어하지 않았어. 목소리도 듣고 싶어하지 않았어. 타인을 통해 내가 서명한 서류만 필요하다고 하신 거야. 찾아오는 것도 싫고, 그냥 서류만 해달래. 내가 몸을 팔며 살았는지 어땠는지, 어떤 고통을 당하며 살았는지 알고 싶지 않대.

나를 낳은 엄마가 나를 사랑하지도 않았고, 지금도 그리워하지 않는다고 생각하니까, 갑자기 온몸이 두들겨 맞은 것처럼 아프더라. 열도 펄펄 나고 사흘 이상을 아팠던 것 같아. 악몽을 꾸고, 열에 들떠서 헛소리를 하고.

그러면서 나는 결론을 내렸어. 그래, 서류를 해드리자. 엄마에게는 엄마만의 사정이 있겠지. 내가 어디에서 무엇을 하며 살아왔는지 모르는 게 엄마에게는 더 좋을 수도 있겠지. 어차피 나에게 없었던 엄마가 아니더냐. 그냥 엄마가 없다고 생각하면 되지.

하지만 소녀야, 나는 엄마를 용서하지는 않을 거야. 찾아가지도 않을 거야. 37년 만에 연락이 닿았는데, 나와 직접 만나고자 하지는 않는 엄마. 지난 37년을 엄마 없이도 이렇게 살아온 걸. 그래, 엄마를 지울래.

그런데 완전히 지우려 하니 마음이 아프네. 내게 아무도 없다는 것이, 남들 다 받는 부모로부터의 사랑을 하나도 못 받았다는 것이 몹시 아파.

나는 엄마에게 간단하게 편지를 썼어. 물론 그 동사무소 직원 앞으로 써서 전해달라고 했지. 걱정 마시라고, 서류는 해드리겠노라고. 다만 37년을 모르는 채 살아왔으니 앞으로도 모르는 채 사는 게 좋겠다고.

편지는 엄마에게 전달되었다는데 받았다, 못 받았다, 쓰다, 달다, 엄마에게서는 아무 연락이 없구나.

열일곱 살 소녀야, 내가 너무 한 거니?

너라면 엄마에게 어떻게 했을 것 같아?

내가 속이 좁은 거니?

사랑은 내게는 너무 먼 단어 같아.

부모 사랑은 그렇다 치고, 그럼 남자 친구는 있냐고?

글쎄, 남자 친구라는 말의 정의가 뭔지를 잘 모르겠어서 답하기가 어렵다. 이 사람이 진짜 남자 친구인지, 아님 다른 이름으로 불러야 하는지 네가 판단 좀 해주련?

업소 동료들과 나이트클럽에 간 적이 있었어. 드문 일이지. 옆자리의 남자들 여러 명과 합석을 했어. 다들 스테이지에 나가서 춤을 추는데, 나하고 어떤 남자하고 둘만 자리를 지키고 있었단다. 둘 다 숫기가 없는 사람들이었나봐.

그러다가 이야기를 하게 되었고, 전화번호도 교환했어. 가끔 전화를 하고, 만나서 데이트도 했어. 내가 성을 파는 업소에서 일한다는 건 물론 이야기하지 않았지. 그냥 평범한 작은 사무실에서 일하는 척했어. 집이 어딘지 궁금해했지만, 이리 빼고 저리 돌리고 가르쳐주지 않았어.

데이트를 할 때도 그 사람은 내게 몸에 대한 요구를 하지 않았고, 진지했고 공손하고 예의발랐어. 낯선 남자들과 몸을 부딪치며 일을 해서인지, 정작 남자 친구와는 손도 안 잡아보았단다.

손을 잡거나 섹스를 하거나 그런 게 중요한 건 아닌 것 같아. 마음 없이 몸을 주고받는 일을 오랫동안 해서인지, 이미 마음을 주고받았다면 그게 더 큰 의미라고 나는 생각해.

그 친구와 데이트하는 날은 손님을 받을 수 없어서 벌금이 빚으로 얹히곤 했지만, 그래도 나는 그 사람을 만나 나의 처지를 잊는 게 무척 행복했어. 잠시지만 말이야.

그런데 만남과 사랑에는 고비가 찾아오나봐. 가끔 만나고 가끔 전화를 주고받았지만, 나는 힘들면 그 사람을 생각했어. 내 직업이 이렇지만, 그 사람을 생각해서라도 마음은 잘 정돈되어 있으려고 노력했지. 그런데 운명의 그날이 온 거야.

옐로우 하우스라는 성매매 집결지에서 일할 때인데, 그곳은 유리방에 죽 앉아 있으면 남자 고객들이 우리 중에서 물건 고르듯이 사람을 선택해. 그래서 2차라고 불리는 섹스하는 방으로 가는 거야. 나를 선택했다는 손님을 만나러 방으로 들어갔는데, 상상할 수 있겠니?

그 친구가 방에 있는 거야. 나에게 소리를 지르지도 않았고, 화를 내지도 않았고, 상처가 되는 말을 하지도 않았어. 그냥 그러더라. 친

구들과 어울려 오게 되었는데, 유리방에 앉아 있는 나를 보는 순간, 친구가 나를 택할까봐 서둘러서 제일 먼저 나를 택했다고.

　나는 아무 말도 할 수 없었어. 차라리 내가 저 얼룩이 되었으면 하면서, 그냥 방바닥의 얼룩만 바라보았고, 그 친구는 한숨만 쉬다가 나갔어.

　그러고는 연락이 없더라. 보고 싶기도 하고, 전화하고 싶기도 하고, 차라리 나에게 욕을 하고 원망하라고 소리도 치고 싶었지만, 어쩐지 내가 죄인인 것만 같아 잊으려고 노력했어.

　그 친구의 전화번호를 천천히 누르지만 발신 버튼은 차마 못 누르는 날이 이어졌어. 마치 그 친구에게 말을 하듯 문자를 눌러서 내 전화기로 메시지를 보내기도 했어. 나는 전화를 못하고 그에게서는 전화가 없었지. 한 달, 두 달, 석 달. 그렇게 반년이 지나자 아, 정말 떠났구나 싶더라. 차라리 잘된 것 같기도 했어.

그런 데서 일한다고 하면 괜찮다고 할 남자가 어디 있겠어? 그 사람을 가슴 깊이 묻으려 했지만, 그 사람 얼굴이 수시로 눈앞에 떠오르고, 그 사람 목소리가 벽에서도 들려오고 참 힘든 시간을 보냈어.

일 년이 지났을 때, 그가 전화를 해왔어. 그를 마음에서 지운 것도 같았는데, 아니었나봐. 전화를 받자 눈물이 쏟아지면서 기뻤거든.

다시 만나서 그가 그러더라. 나를 잊으려고 했지만 잘 되지 않더라고. 그냥 친구처럼 지내자고. 그리고 우리는 지금 7년 동안 친구야. 자주 만나지도 못해. 서로 바쁘기도 하고, 굳이 자주 보지 않아도 괜찮을 만큼 서로를 믿는다고나 할까.

소녀야, 어때? 그 사람이 내 남자 친구 맞는 것 같아? 언젠가 나는 그 사람과 결혼해도 좋다고 생각해. 내가 했던 일, 내가 아팠던 상처, 모두 다 아는 사람이니까, 나의 과거가 드러날까봐 조마조마할 필요도 없고, 착하고 좋은 사람이기도 하고.

지금 생각하면, 여자를 사러 온 사람 앞에서 성을 파는 여자가 죄스러워할 이유는 없었어. 성을 사는 사람이 있으니 파는 사람도 있는 거고, 성을 사는 게 더 부끄러운 일일 수도 있고, 나만 잘못한 건 아닐 수도 있는데, 아마 사랑하는 사람이니까 그랬던 것 같아.

그 일이 있고 난 후, 나는 빚을 갚기 위해 최선을 다했어. 빚을 갚아야만 그 생활을 청산할 수 있다고 생각했어. 빚을 어느 정도 갚고 400만 원이 남았을 때, 그 빚을 끌어안고 전화발이 생활을 시작했어.

그때는 성매매방지법이 생기고 경찰의 단속이 심할 때라, 대기 장소에 성매매 여성들이 모여 있으면 여관에서 전화가 오고, 그러면 여관으로 일하러 가던 때야.

여관에서 한 번 남자 시중을 드는 데 2만 원을 받았는데, 하루에 다섯 명에게 몸을 팔면 10만 원, 그런데 그 중에 4만 원씩을, 400만 원 빚에 대한 일수로 포주가 가져가. 그리고 차비와 중간에 다리 놓아주는 비용이라면서 또 5만 원에서 6만 원을 가져가지. 그러니 오히려 적자가 나서 다시 빚이 불어나기 시작했어.

그러던 어느 날, 나랑 같이 일하던 동생이 병이 났지 뭐야. 당연히 일을 할 수 없고 그들이 요구하는 대로 출근할 수도 없었어. 그러자 포주의 협박이 시작되었지. 빚은 언제 갚을 거냐, 일 안 하면 쥐도 새도 모르게 죽여버리겠다, 온갖 험한 욕을 섞어 위협을 하니 동생은 무서워서 경찰에 긴급 구조 요청을 했어.

원룸에 포주와 우리가 같이 있을 때 경찰이 들이닥쳤지. 나도 참고인 조사를 받아야 했는데, 그때 정말 화가 났단다. 내가 그 동안 포주에게 벌어준 돈이 2천만 원이 넘었는데, 대질심문할 때 포주는 나에게 1천만 원의 빚이 있다고 주장하는 거야. 내 얼굴을 빤히 보면서.

나를 조사하던 경찰이 나더러 참고인 진술을 하지 말고 "당신은 피해자니 피해자 진술을 하라"고 가르쳐주었어. 나는 피해자 진술을 했고, 업주는 10개월 실형을 받았어.

나는 두려웠어. 업주가 실형 대신 벌금을 물고 나와서 나를 찾아 복수하면 어쩌나, 경찰서를 나오면서도 진정이 되질 않았지.

그때 내 주머니에는 딱 만 원이 있었어. 그 돈으로 무엇을 할 수 있겠니. 업주가 살게 해주었던 원룸에는 들어갈 수 없고, 부모 형제도 없고. 어둠이 내리는 길에서 나는 이쪽 길을 한 번 바라보고, 저쪽 길을 한 번 바라보았지.

과연 나는 어느 길로 가야 할까. 아무 데도 갈 곳이 없었어. 망설이

고 망설이다가 같이 일하던 동생에게 전화를 했어. 그 동생은 성매매 여성이었지만, 나가서 결혼을 하고 평범하게 사는 여성이었지.

"언니, 우리 집에 와 있어. 우리 집에 와서 쉬어. 괜찮아. 얼른 와."

따로 갈 곳도 없던 나는 동생네 신세를 질 수밖에. 다시 생각해도 정말 고마운 동생이야.

나는 동생 부부에게 폐가 되지 않으려고 방 안에서 거의 나오지 않았어. 지난 일들이 싫고, 앞 일이 두려워서 매일 소주를 사다가 한 병씩 마셨어. 그리고 쓰러져 자고, 날이 어두워지면 다시 소주를 사러 나가고 다시 쓰러져 자고. 그렇게 일 년을 보냈나봐.

어느 날 밤. 소주를 사러 나가려던 순간, 내가 나에게 묻더라.

"너 계속 이렇게 살 거니?"

내가 나에게 하는 그 질문에 나는 답을 할 수 없었어.

다시 방구석에 쭈그리고 앉았지. 휴대전화기가 옆에 있더라. 전화기에 저장된 이름들을 하나하나 보았어. 대개는 나의 몸을 스쳐 지나간 고정 고객들 전화번호였어.

나는 경찰서에서 나온 후에도 그 번호를 지울 수 없었어. 당장 밥을 굶게 되면 아무리 싫어도 어쩔 수 없이 그들을 찾아가야 한다고, 그러니 그 번호를 간직하라고, 내 무의식이 명령했던 거야.

나는 갑자기 고객들 번호를 지우기 시작했어.

삭제! 다시 삭제, 삭제, 삭제, 삭제…… 삭제.

번호가 하나하나 사라질 때마다, 내 안의 어둠이 한 조각씩 걷히고 있었어. 휴대전화기 안에 저장된 전화번호를 다 정리했을 때, 천근만근이던 몸이 훨훨 날아오르면서 미소 짓고 있는 나를 발견했어.

휴대전화기에 저장된 고정 고객의 번호를 지운 뒤에야 나는 비로소 '아, 내가 성매매 일에서 탈출했구나!' 하고 실감했단다.

자유의 느낌이 그런 걸까. 그 밤, 나는 동생네 집에 온 후 처음으로 소주를 마시지 않고 잤어. 내 얼굴이 좀 달라졌다고 생각했을까, 내가 얻은 자유를 동생이 알아챘을까, 며칠 뒤 동생이 내게 말했어.

"언니, 옐로우 하우스 옆에 성매매 여성을 위한 상담소가 있대. 나랑 거기 같이 가보자. 생계비도 준대."

"말도 안 돼. 왜 이유 없이 공짜 돈을 주냐? 요즘이 어떤 세상인데?"

"성매매하지 말라고 준대. 가보자. 가보고 아니면 다시 오면 되잖아. 밑져야 본전이지 뭐."

"혹시 오라고 해놓고 우리를 또 다른 업소로 팔아넘기는 거 아냐?

빚 얻어서?"

　세상에 믿을 사람 하나도 없는 게 확실한데, 누가 나를 도와준단 말인가. 나는 성매매 여성을 위한 상담소도 믿을 수 없었어.

　하지만 거기 안 간다고 다른 길이 있는 것도 아니어서 일 주일에 두 번, 세 번 상담소에 갔어. 가다보니 내 마음이 조금씩 열리는 거야.

　거기서는 아픈 데가 어딘지 진찰도 받게 해주고, 지난 이야기도 들어주고, 내 아팠던 상처에 고개도 끄덕여주더라고. 하루는 상담소에서 내게 제안했어.

　"아르바이트 하지 않을래요? 포옹 캠페인에 참여하는 거예요."

　그 아르바이트, 하겠다고 했지. 행인들에게 포옹 캠페인에 대한 의미를 설명해 주고, 낯선 사람들과 살짝 포옹하면서 이웃 사랑의 의미를 나누는 자리였는데, 소녀야, 그 일은 충격이었어.

　몸을 파는 일이 아니고, 이웃을 사랑하는 마음으로 가볍게 안아주는 일은 내 가슴에 분수처럼 기쁨을 퍼 올리더라. 나는 낯선 사람과 가볍게 포옹하며 중얼거렸어.

아, 세상이 나를 이렇게 포근하게 안아주는구나.

나도 세상을 이렇게 따뜻하게 안아줄 수 있구나.
이제 나도 세상 속에서
살아갈 수 있겠구나.

그 캠페인에 참여하고 3만 5천 원의 보수를 받았어. 나에게 평범하고 따뜻한 세상을 처음으로 만나게 해준 일의 증거가 그 돈이잖아. 어렸을 때 의상실에서 돈을 벌어는 보았지만, 그 돈은 새엄마가 다 가져가고 내가 만져보지도 못했어.

내가 내 몸을 팔지 않고 번 최초의 돈, 나는 그 돈을 만져보고 쓰다듬어 보다가 그 돈이 사라지거나 닳을까봐 앨범에 끼워두었단다. 영원히 간직하려고.

소녀야, 내가 열일곱 살 이후에 어떻게 살아왔는지 이제 알겠지? 그 후 여성 단체의 쉼터에 입소하라는 권유를 받고, 동생네 집을 나와서 그곳으로 갔어.

건강 상태가 엉망이었기 때문에 치료도 받고, 자격증을 따는 여러 가지 공부도 하고, 이렇게 고등학교 과정도 공부하고, 상담원으로도 일하게 되었어.

열일곱 살 소녀야!

나의 지난 이야기가 몹시 낯설지?

세상에는 수많은 사람들이 저마다 사연을 안고 살아가. 개중에는 남에게 말할 수 없는 상처를 안은 사람도 있을 거야. 나에게는 남보다 많은 상처가 있지만, 소녀야, 나를 가엾다 여기지 마. 나는 지금 행복하단다.

내가 갔던 아픈 길도 나만 간 길은 아니었어. 이미 수많은 성매매 여성들이 지나간 길인 걸. 나는 다만 내가 간 길을 소녀, 너에게나 다른 여성에게 들려주어서, 내가 갔던 길 말고 다른 길로 가라고 말하고 싶을 뿐이야.

내 이야기를 듣고 있는 소녀야, 너는 다른 길로 가렴. 나와는 다른 길로. 그래서 언제 돌아보아도 아름답고 소중한 열일곱 살이 되어라, 소녀야.

나의 물음표_

세상에는 참 이상한 게 많더라

나는 스물아홉 살, 돌아보고 싶지는 않지만, 술집 아가씨로 일했던 적이 있다.

그 일을 그만두었는데, 다 갚은 것으로 알고 있는 빚을 받으러 무서운 채무자가 찾아왔다. 나는 빚을 다 갚았다고 생각했기 때문에 당당할 수 있었고, 그래서 성매매 여성을 위한 상담소에 가서 도움을 청해 재판을 받고 빚도 청산되었다. 성매매업소에서 부당하게 생긴 빚은, 법에 의해 빚이 아니라는 판결이 나왔고, 나는 이제 마음이 가볍다. 지금 나는 2년제 대학의 피부미용과 2학년, 장차는 무대분장 일을 하고 싶다.

나는 종종 거대한 물음표를 만나곤 한다. 이제는 술집 아가씨가 아닌 대학생으로 살지만, 그 세계를 알기 때문에 이 세계와 그 세계가 만나는 접점에서 생기는 물음표다.

왜 남자는 떠들고 여자는 숨길까?

새 학기 들어서 MT를 갔다. 준비된 프로그램이 어느 정도 진행된 뒤에 술을 마시기 시작했다. 웬만큼 취했을 때, 한 남자 선배가 1학년 후배 여학생을 가리키며 말했다. 나, 너를 술집에서 보았다고. 너는 나를 보지 못했지만, 나는 너를 보았다고. 너 그 술집에서 일하는 거 맞지 않냐고. 그런 데서 일하니까 남자에 대해 많이 알겠다고. 언제 다시 가서 이번에는 너랑 한잔 하고 싶다고. 그 남자 선배는 자기는 종종 그런데 가서 회포(?)를 푼다며 신이 나서 떠들었다.

그 여자 후배는 깜짝 놀라서 눈이 동그래졌다가 얼굴이 붉어졌다. 그건 우리 앞에 피워진 모닥불 때문이 아니었다.

"에이, 선배가 잘못 봤겠죠, 난 그 동네 살지도 않는데."

"아냐, 틀림없이 너였어. 진석이 어디 갔냐, 진석이도 같이 봤는걸."

선배는 진석이라는 동기를 찾기 시작했고, 후배는 여전히 미소는 띠고 있었지만, 속이 편해 보이지는 않았다. 나는 얼른 술병을 들고 그 선배에게 다가가서 술을 가득 따랐다. 무슨 그런 소릴 하냐고. 술이나 마시자고. 나랑 건배하자고.

그러는 사이에 여자 후배는 사라졌다. 정말 이상했다. 왜 술집에

가서 여자 끼고 술 마시고 여자를 사는 걸 남자는 자랑하는가? 똑같은 시간에 똑같이 그런 데 있었던 여자는 왜 그걸 숨겨야 하는가? 성매매가 나쁜 거라면 산 사람도 판 사람과 똑같이 비난받아야 맞는 거 아닌가? 그런데 왜 성을 판 여자만 비난받아야 하는가? 난 그게 참말 이상하다.

남자는 외로워서 여자를, 성을 살까?

그 선배에게 소주를 한 잔 더 따라주며 내가 물었다.

"선배, 여자 나오는 술집에는 왜 갔어?"

"외로워서 갔지!"

"그럼 여자는 안 외롭나 뭐?"

"여자는 다르잖나. 남자는 주기적으로 그런 데 가서 외로움을 해소해 주어야 건강해. 여자는 밝히는 애들이나 외롭지, 조신한 여자애들은 그런 생각 안 하지."

나는 술집에서 일할 때도 남자들에게 그런 말을 많이 들었다. 외로워서 여자를, 성을 사러 왔다는 말. 난 그게 늘 이상하다. 여자도 외롭다. 하지만 여자는 외롭다고 해서 남자의 몸을 사러 가지는 않는다.

남자가 외로움을 해소하는 방식에 뭔가 문제가 있는 게 틀림없다.

나더러 몸이라도 팔란 말이냐?

우리 과 한 남자 애가 다른 남자 애한테 돈을 빌렸다. 액수는 모르지만, 학생 신분에 적은 돈은 아니었던 모양이다. 빌려준 쪽은 얼른 갚으라고 하고, 빌려간 쪽은 좀 기다려달라고 하고. 그런데 오고가는 말 중에 이런 말이 들렸다.

"야, 내가 여자라면 몸이라도 팔아서 갚았겠다. 조금만 기다려. 막노동이라도 해서 얼른 갚을게."

여자는 돈이 없으면 몸을 팔고, 남자는 돈이 없으면 막노동을 한다는 뜻인가? 그 친구가 여자라면 몸을 팔겠다고? 여자의 몸은 팔 수 있다는 것이 문제라는 생각이 들었다. 여자도 막노동이라도 해서 돈을 갚아야 한다. 몸을 팔면 안 되고, 몸을 팔 수 없게 사회가 만들어야 한다는 생각이 들었다. 몸을 팔 수 없으면 안 팔지 않겠는가. 몸을 팔 수 있는 성매매업소가 아예 없다면 몸을 팔 유혹도 느끼지 않을 것이다.

여자는 몸을 팔면 된다고, 그러면 급한 돈을 마련할 수 있다고 우리 사회가 가르쳐주고 있다는 생각이 들었다. 지금은 노예가 있는 시대가 아니며, 여자를 팔고 사는 일도 없어져야 하니, 농담으로라도 "몸이라도 팔까?"라는 말은 남자든 여자든 써서는 안 될 말이다. 몸을 파는 게 어떤 일인 줄도 모르면서 쓸 말은 더더욱 아니다.

좋아서 하는 거 아냐?

　동아리에서 사회 문제를 토론하다가 술집아가씨 이야기가 나왔다. 나는 최대한 침착하려고 노력하지만, 그런 말만 나와도 가슴이 두근거린다. 혹시 나를 알아보는 사람은 없을까, 나의 과거가 남들에게 훤히 들여다보이지는 않을까, 두려워지는 것이다.

　"불쌍해. 그렇게 남자들에게 몸을 팔아서라도 살아가야 하는 여성이……" 동기 여학생이 말하자, 남자 동기생이 되받았다. "걔네들, 지들도 좋아서 하는 짓이야. 요즘 세상이 술집에 가두고 그 짓 시킬 수 있는 세상이냐? 맘만 먹으면 그런 데서 나올 수도 있는데, 안 나오는 거야. 지들이 좋으니까." 나도 모르는 사이에, "네가 그 짓 하면서 돈 벌어봤어? 좋아서 하는 짓인지 싫어도 하는 짓인지 겪어봤어?" 하고 따지고 싶었다.

　물론 사람은 저마다 다르고, 세상에는 수많은 사람이 있으니까, 개

인차가 있을 것이다. 그러나 나는 여러 해 동안 유흥업소에서 남자를 상대로 일하면서, 그 일이 좋아서 하는 여자는 본 적이 없다. 처음에 첫 단추를 잘못 끼워서 그 세계에 발을 들여놓았고, 그러다보니 자포자기하는 심정이 되고, 사회로 돌아가 보았자 평범한 여자로 받아주지도 않는 것 같고, 그러는 사이에 빛이 또 한 번 몸을 묶고, 그래서 그곳의 여자들은 빠져나오지 못한다.

누구나 낯선 일을 새로 시작하려면 알던 세계보다는 두렵지 않은가. 그녀들도 그런 것이다. 기왕에 안 세계이고, 바깥세상에 나가봤자 받아들여주지 않을 것 같으니까, 나올 용기를 내지 못하는 것이다. 과거를 묻지 않는다면, 생계가 보장되는 다른 일자리가 있다면, 누가 그 일을 하겠는가.

사랑을 나누는 것은 사랑하는 마음이 있을 때만 아름답고 달콤한 것이다. 설렘도 없이, 생판 모르는 사람과, 그것도 거의 폭력처럼 일방적인 상태에서 몸을 맡겨야 하는 고통은 "내가 노예인가, 짐승인가?" 묻게 한다. 그러나 그 속에서도 그녀들은 살아야 하기 때문에, 참거나 의식하지 않으면서 최대한 고객의 요구에 응하는 것이다. 결코 그 일을 원해서 하는 것이 아니다. 알지도 못하면서, 그녀들을 몰아붙이는 남자들의 마음을 나는 정말 모르겠다.

성을 파는 것도 직업이고 자유 아니냐고?

　노우, 노우, No, No! 언뜻 생각하면, 이 자유로운 세상에서 몸을 팔든 말든 자유가 아니냐고 생각할 거다. 몸을 팔아서 섹스 상대자가 되어주는 것도 직업일 수 있지 않느냐고. 그러나 아니다. 내가 경험한 바에 의하면 그건 선택이 아니라 강요였다. 노예를 이 시대에 용납하지 않는 것과 똑같은 이유로, 성매매를 용납해서는 안 된다.

　내가 성매매 여성의 위치에서 벗어나 이렇게 대학 생활을 할 수 있게 된 배경에는 2000년 9월 군산 성매매 집결지의 화재 사건이 있었다. 성매매를 하던 여성들이 화재가 나자 창살이 있는 건물에 갇혀 생명을 잃었다. 그 사건 후 그곳에서 죽은 여성의 일기장이 공개되었는데, 그 일기장 구절이 내가 성매매를 할 때 썼던 일기와 어쩌면 그렇게 똑같은지.

　　날고 싶다.
　　훨훨 새가 되어 꽉 막힌 이곳을 벗어나고 싶다.
　　베란다 중앙에 새장을 보았다.
　　외로이 새 한 마리가 보였다.
　　날 보는 것 같았다.

창살 틈으로 새가 말한다, 짹짹.

그 모습은 내 모습이었다.

무언가를 말하고 싶은데,

남들이 알아들으면 어떠한 방법을 가르쳐줄 텐데……

새의 울부짖음을 아무도 모른다.

그런 새를 보며 나 역시 울고 있다.

성매매는 직업일 수 없다. 그러니 성매매는 없어져야만 한다.

왜 그런 옷을 입느냐고?

나는 요즘 최대한 편안하게 옷을 입는다. 대학에서 배우는 피부 미용 일이 힘들어서 모양을 많이 낸 옷이 불편하기도 하고, 내가 학생이니 학생다워야 한다는 생각도 있고, 또 너무 눈에 띄는 차림이 지겨워진 이유도 있다.

내가 그 세계에서 살고 있을 때, 나의 옷차림은 정말 아슬아슬했다. 일단 가슴이 절반쯤 노출되어야 했다. 그래야 남자들의 시선을 끌 수 있었으니까. 그리고 최대한 짧은 미니스커트. 허리와 배를 거의 다 드러내고 남들이 이야기하는 주요 부위만 가리는 옷도 많았다.

왜 그런 옷을 입었냐고? 남자들이 원하니까 그렇게 했다고밖에는 말할 수 없다. 그런 옷을 입으면 남자는 그 여자를 보지 않고 가슴과 허리와 엉덩이와 다리를 본다. 자극적인 차림일 때, 남자는 그 여자와 자고 싶어했다. 억지로라도 잠자리 상대로 선택되어야 하기 때문에 그녀들은 그런 옷을 입는 것이다. 그냥 편해서, 시원해서, 내 몸을 드러내고 싶어서 여자들이 야한 차림을 하는 것과는 좀 다른 이유다.

그렇다고 노출 패션을 하는 여성들을 폄하하자는 게 아니다. 옷을 어찌 입었든, 몸을 얼마나 드러내었든 옷은 그냥 옷으로만 보아야 한다. 여자가 어떤 옷을 입었든, 남자는 그 여자를 '옷 입은 사람'으로 보는 눈을 길러야 한다. 그래야, 여자의 몸을 어찌 해보겠다는 남자의 시각도 교정될 수 있고, "죽이는데!" 하는 표현도 사라질 것이다.

여자도 남자처럼 행복하게 살기 위해서 이 땅에 태어난 거지, 남자의 섹스 상대가 되기 위해서 이 세상에 태어난 것이 아닌데, 일부 남자들은 왜 그걸 모를까?

똑같이 성을 팔고 샀는데 왜 처벌이 다를까?

우리 사회는 평등하다고들 하고, 남녀는 평등해야 한다고들 한다. 그런데 나는 유흥업소에서 일할 때, 일 자체도 불평등했지만, 사회에서도 같은 사안을 놓고 다르게 처벌하는 것을 자주 보았다. 성매매방지법에 의하면 성을 팔거나 사면 모두 처벌을 받게 되어 있다.

한번은 내가 일하던 지역에서 성을 판 여성이 적발되었다. 물론 남자도 적발되었다. 여자에게는 마흔 시간의 교정 교육을 받으라는 처벌이 내려졌다. 팔지 말라는 성을 팔았으니 법대로 처벌받는 것은 당연하다.

그런데 상대였던 성을 산 남자는 어찌되었을까? 여자와 똑같이 마흔 시간의 교정 교육을 받으라는 처벌이 내려졌을까? 그래야 맞을 것 같은데, 그렇지 않았다. 남자니까, 훈방 조치되었다. 앞으로는 그러지 말라는 말만 몇 마디 하고 아무 일도 없던 것처럼 집으로 돌려보내졌다. 남자는 생계를 짊어지고 일해야 하니까 교정 교육을 그렇게 오래 받을 수가 없다는 것이었다. 회사에 교정 교육 받으러 간다고 알리면 체면과 명예가 손상되어 사회 생활에 지장이 많다며 봐준다는 것이다. 게다가 처음 한 일이니 특별히 용서해서 훈방 조치를 했단다. 어느 누가 경찰 앞에서 "이번이 처음이에요" 하지, "저는 수

시로 여자를 돈 주고 삽니다" 이렇게 말하겠는가?

다른 경우도 보았다. 같은 사건이 생겼는데, 여자는 똑같이 마흔 시간의 교정 교육을 받았다. 그런데 남자는 딱 여덟 시간 교육을 받았다. 남자라서, 일해야 하니까, 좀더 가벼운 처벌을 내렸다는 것이다. 성을 팔았다는 게 잘했다는 게 아니라, 똑같이 성을 팔고 사도 남자에게는 더 관대한 사회. 나는 그래서 우리 사회가 불평등하다고 생각한다.

남자의 과거, 여자의 과거는 왜 다른 무게로 대접받을까?

유흥업소에서 일하던 아가씨들 중에는 거기 왔던 손님과 사랑이 싹터 결혼하는 경우도 있다. 물론 흔한 경우는 절대 아니다. 아는 언니 하나가 마음 착한 남자를 만났는데, 둘 사이에 사랑이 싹텄다. 남자는 여자에게 빚이 있는 걸 알고 그 빚을 갚아주었다. 그리고 결혼했다. 모두들 부러워했고, 그 언니가 정말 잘 살기를 빌었다. 그런데 그 언니는 1년이 지나, 우리 업소는 아니지만, 다시 성매매 시장으로 돌아왔다.

이야기를 들어보니, 그 남자가 결혼하고 나서 계속 그 언니의 과거를 문제삼아 부부싸움을 걸었다는 것이다. 그런 데 있던 여자라는 것을 몰랐던 것도 아니면서, 거기 여자를 사러 온 자신은 괜찮고, 거기서 일한 언니는 문제라고 하니, 견딜 수가 없더란다. 한두 번도 아니고, 폭력까지 동반되는 부부싸움 때문에, 그 언니는 결국 남자와 헤어졌고, 살 길이 막연해서 다시 그곳으로 돌아온 것이다.

우리는 모여서 그런 이야기를 했다. 여기서 만난 사람과는 살림을 차리면 안 된다고. 그 사실을 가지고 들들 볶는 게 남자들 생리니, 아예 우리의 과거를 모르는 남자를 만나야 한다고. 남자의 과거는 아무런 문제가 안 되고, 여자의 과거는 크나큰 문제가 되는 불평등한 세상에 나는 살고 있다.

나는 이런 종류의 물음표들을 많이 만난다. 그리고 그
물음표들에 대한 답을 생각하다 보면, 세상을 향해 내가
더 많은 물음표를 던지게 된다. 모순이 많은 이쪽 세계
와 없어져야만 할 저쪽 세계, 나는 저쪽 세계에서 벗어
나 이쪽 세계 한복판에서 모순의 바람을 맞고 서 있다.

사랑에 속고 돈에 울고

사랑은 그 사람을 지켜주는 것입니다. 술집 같은 데는 다니지 않아도 되게 도와주고, 잠자리에서 이상한 요구를 하지 않는 것입니다. 사랑은 그 사람의 전부를 말없이 받아들여 주는 것입니다. 지난날이 어떠했는지 묻지 않고 돈이 있든 없든, 부모 형제가 있든 없든, 나만으로 충분하다고 해주는 것입니다. 앞으로도 진짜 사랑을 찾아다닐 겁니다. 그러나 진짜 사랑을 찾을 수 있을지는 아직 잘 모르겠습니다.

열다섯,
그때로
돌아가고 싶어

1 2 3 4 5 6 7 8 9 10 11 12 13 14 15 16 17 18 19 20 21 22 23 24 25 26 27 28 29 30 31 32 33 34 35 36 37 38 39 40 41 42 43 44 45 46 47 48 49 50 51 52 53 54 55 56 57 58 59 60 61 62 63 64 65 66 67 68 69 70 71 72 73 74 75 76 77 78 79 80 81 82 83 84 85 86 87 88 89 90 91 92 93 94 95 96 97 98 99 100 101 102 103 104 105 106 107 108 109 110 111 112 . . . .

새해 나의 결심은 어디로 갔을까.
열심히 일하고 열심히 공부하기로 했는데,
설날 집에 갔다 오니, 흔들린다.
새엄마는 여전히 짜증난 얼굴, 여전히 무심한 아빠.
하룻밤 자고 갈 방도 없는 딱한 집.

아빠가 나에게 무언가를 바라는 듯했다. 말씀도, 눈빛도.
그것은 아마도 돈?
전처럼 몸이라도 팔아서 돈을 갖다드려야 하는 건 아닐까.
그럼 아빠는 나에게 다정하게 대해줄까.

아휴, 바보.
그 고생을 하고, 그렇게 더러운 꼴을 많이 당하고도
다시 거길 찾아갈까, 하는 생각을 하다니.
에잇, 너는 꿀밤을 백 대도 더 맞아야 해.
에잇, 에잇, 아프게 맞아라.
빨리 검정고시 공부나 하자.

요즘 돈이 없으니까 내가 별 생각을 다 한다.

아, 시간을 돌릴 수 있다면, 나는 중학생이고 싶다.
꿈에라도 나올까 무서운 성매매 시절을 아예 모르던
열다섯, 그때로 돌아가고 싶다.

1996년 5월_ 열다섯

우리는 사총사를 맺었다.
우리는 넷이서 교환 일기도 쓰기로 했다.
우리는 문구점에 가서 겉장이 예쁜 일기장을 샀다.
우리의 우정을 나누는 의미에서
돈도 똑같이 넷으로 나누어서 750원씩 냈다.
우리는 이제 이 일기장에 번갈아 일기를 써서
서로 교환할 거다.
우리의 영원한 우정을 위하여, 만세 만만세!

1997년 7월_ 열여섯

방학을 했다.
방학식이 끝나고 나서 잠시 갈등을 했다.

사총사가 같이 놀자고 했는데,
수옥이네 팀에서도 같이 놀자고 한다.
아, 나는 왜 이 두 부류의 친구들과 다 어울리는 걸까.
범생이들인 사총사도 좋고, 노는 아이들도 이해되고.
나는 교환 일기를 같이 읽고 시도 같이 베껴 쓰면서
사총사와 놀고 싶었지만,
사정이 있다고 하고, 수옥이네 팀으로 갔다.
우리 학교에서 두 번째 짱인 수옥이가 화내면
감당하기 힘들어서 거절할 수가 없었다.

애들이 수옥이네 집에 모여서 담배 피우고, 술 마시고
서로 서로 욕만 하고, 별로 재미도 없었다.
아, 사총사랑 놀 걸. 후회된다.

1998년 7월_ 열일곱

내일부터 태권도 학원에 다니기로 했다.
그래, 우리가 영어 수학 특별히 잘할 것도 아니고
실업계에서 인문계 아이들과 경쟁할 것도 아니고
그렇다면 걔네들이 영어 수학 학원 다닐 때

우리는 다른 거 하면 되잖아?
뭐든 좋아하는 거 하면 되잖아?
인문계 애들은, 영어 수학이 좋아서
학원 다니는 거 아니지만,
우리는 우리가 좋아하는 거 골라서 다니자고 했다.
히, 그리고 태권도 학원에는 괜찮은 남자애들도 있을 테니까
그것도 좋지!

2000년 3월_ 열아홉

수옥이가 나더러 보도방에 가잔다.
사실 나는 너무 늦은 거나 마찬가지다.
친구들 중에 보도방에 안 다니는 애는 나뿐이니까.
수옥이는 심지어 중학교 때부터 다녔다는데,
이렇게 망설여지는 건 뭘까.
며칠 더 생각해 보겠다고 했다.
수옥이 말대로, 언니랑 둘이만 살면서
아빠가 생활비를 보내주는 것도 아니고,
새엄마가 우리한테 신경을 쓰는 것도 아니고,
언니가 벌어오는 돈으로는 정말 살기 힘들다.

떡볶이 먹을 돈도 없이 다니는 애는 나밖에 없을 거야.

수옥이가 다시 전화를 해서 내일 어쩔거냔다.

하루만 더 생각해 보겠다고 했다.

하지만 지갑에는 동전밖에 없는데 어쩌지?

2000년 4월_ 열아홉

세상에…… 나는 참 겁도 없다.

보도방엘 갔다. 하도 이야기를 많이 들어서인지

꼭 여러 번 가본 것 같았다.

보도방에서 연결해 준 남자는

머리가 좀 벗겨진 징그러운 아저씨.

기분은 더러웠다.

샤워를 한 시간이나 했다. 씻고 또 씻고.

그래도 그 아저씨 냄새가 나는 것 같다.

나는 한 달에 한 번이나 두 번만 해야지.

용돈 조금만 벌어야지.

언니 쓰기도 부족한 월급, 그거 축내지 않게

내 용돈만 조금 벌어야지.

오늘은 라면과 과자를 잔뜩 사들고 집에 들어왔다.

배는 고팠지만 이상하게 맛있지는 않았다.
이러다가 내가 타락하는 건 아닐까?
언니는 어디 갔다 왔느냐고 나에게 묻지 않았다, 언제나처럼.

2001년 5월_ 스물

수옥이의 꼬붕이 카드를 빌려달라고 할 때
알아봤어야 하는데.
수옥이가 자기 믿고 빌려주라고 했을 때 어쩐지 꺼림칙했다.
하지만, 수옥이가 지난번에 나한테
카드를 빌려준 적도 있어서, 거절하기도 좀 그랬다.
아무리 그래도 그렇지,
수옥이 꼬붕은 어떻게 남의 카드로 그렇게 돈을 많이 긁냐?
640만 원, 640만 원……
조그만 사무실 경리인 내 주제에
카드빚이 이렇게 많아지다니.

저 카드 대금 독촉장을 어떻게 한다?
그냥 찢어버려서 없어지는 거면 좋겠다.
윽, 보도방에 가는 횟수를 늘리고

월급을 다 저금해도 못 갚겠다.
이제 어쩌지?
수옥이가 미안하다고,
한 달에 한 번 보도방 간 돈은 나에게 주겠단다.
자기 때문에 생긴 일이라고. 그래도 의리는 있다.

2001년 9월_ 스물

빛이 더 이상은 줄지 않아서,
수옥이가 소개해 준 삼촌을 만났다.
내 빚이 300만 원이라고 했더니,
그 정도면 자기네가 다 해결해 준다고
언제든 준비되면 데리러 오겠다고 한다.
이런저런 정리를 해야 해서 시간이 필요하다고 했더니
일 주일 뒤 저녁에 우리 집 앞으로 나를 태우러 오겠단다.

그 차를 타면 나는 술집 아가씨가 되는 건가?

여자들이 나오는 술집이 많이 모여 있다는 그곳,
수옥이에게 이야기야 여러 번 들었지만,

그곳은 진짜 어떤 곳일까.
두렵다. 하지만, 빚부터 갚고 봐야지.
열심히 일해서 빚 갚고, 나는 돈 많이 벌어서
얼른 그곳에서 나올 거야. 꼭 그렇게 할 거야.
카드 빚 갚느라 보도방에 자주 가는 것도 이제 지쳤고,
보도방 다니는 걸 사무실에 들킬까봐도 걱정이고.
어차피 나를 걱정하는 사람도 없는데 뭐 어때?
빚이나 갚자.

2001년 10월_ 스물

눈을 뜨니, 오후 2시.
머리가 아프면서 어제 일이 생각났다.
'삼촌' 이라는 남자가 나를 태우고 이 룸살롱으로 데려왔지.
밤 10시, 저녁도 먹지 않았는데, 홀복이라면서 옷을 주고
룸으로 얼른 들어가라고 했다.
배가 고파서 술을 주는 대로 마셨더니, 비싼 술만 축낸다고,
매상 올리려고 별짓 다한다고 손님이 화를 냈다.
같은 룸에 들어간 수옥이가 눈짓을 했다.
얼음통에 술을 부으란다.

왜? 뭐라고? 나는 뭣도 모르고 물었다.
수옥이가 쉿— 손가락을 입에 갖다대더니
얼음통에 술을 부으면 밑으로 줄이 연결되어서
술이 관을 타고 밖으로 나간단다.
아가씨들이 술매상을 많이 올리면서도
술에 많이 취하지 않게 하는 장치란다.

이렇게 새로운 생활이 시작되었다.
이제 씻고 화장을 해야지?
미용실에는 다 같이 한꺼번에 가란다.
이러다가 밥 먹을 시간도 없겠네.
오늘은 술의 양을 잘 조절해야겠다.
아, 머리가 너무 아파.

2002년 9월_ 스물하나

이곳을 떠나기로 했다.
수옥이는 빚이 더 늘었다고 한다.
나는 그래도 빚을 갚았으니 얼마나 다행인가.
소개소에서 두 군데를 소개해 주면서 골라 가란다.
아가씨들 텃세가 심하다는 곳과
먼 지방이라 선불을 많이 준다는 곳.
언니랑은 연락도 안 되고, 당분간은 이렇게 살아야 하나?
선불을 많이 준다는 곳으로 가야겠지?
부모님이 있으되 없는 나, 형제가 있으되 없는 나,
오라는 곳도 없고, 갈 곳도 없는 나, 정말 갈 곳이 없구나.

2004년 2월_ 스물셋

으악 비명을 지르고 싶다.
내 빚이 1,300만 원이 되었다.
분명히 빚이 하나도 없었는데, 왜 이렇게 되었지?

이번 주에 다방에서 근무한 시간을 계산해 보니
하루에 열네 시간은 일한 것 같다.

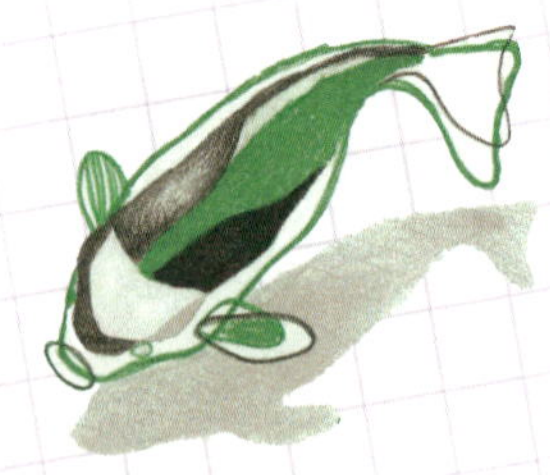

사 랑 에 속 고 돈 에 울 고

이 추운 겨울에 다리를 내놓고,
넓적다리까지 시퍼래져서 돌아다녀야 하다니,
아이고 내 팔자야.

그러게 큰물에서 놀라고 했나보다.
선불이 많다고 해서 이 지역을 선택했는데,
아가씨 대기실이 한 세 평이나 될까.
여기는 너무 지저분하고, 밥도 무슨 개밥 주듯이 준다.

오늘은 겨우 한 시간 늦게 일어났는데, 또 벌금을 얹는다.
티켓 안 나간 날 생기는 벌금이랑
늦잠 잔 벌금이랑 다 까려고
오늘은 결국 티켓을 따불로 나갔다.
아, 여기서 얼마나 견딜 수 있을까?

겨우겨우 찾아낸 언니도 저러고 남자 친구랑 살지,
아빠랑 새엄마는 우리 같은 건 잊은 지 오래지, 울고 싶다.

크리스마스라고 선물을 준비했다.
말도 안 된다. 이런 선물을 준비한다는 게.
처음 있는 일도 아니면서 화가 났다.
나도 남자 친구나 가족에게 줄 선물을 고를 수 있다면.
선물 포장을 다하고 나면, 문자를 돌려야겠지.
오빠, 아저씨, 메리 크리스마스, 보고 싶어요.
사랑해요. 기다리고 있을게요—
크리스마스에 바짝 뛰고
고객 관리해서 이번 연말이 지나면
100만 원은 갚을 수 있을까?

고정 고객을 관리하는 건 정말 피곤해.
마음에 없는 일을 하는 건 정말 슬퍼.
메리 크리스마스, 메리 크리스마스,
징글벨, 징글벨, 사는 건 정말 징글징글해.

2006년 10월 _ 스물다섯

야호, 만만세!
대한독립 만세다. 나는 이제 빚이 하나도 없다.
빚이 없어지는 순간부터 사장도 마담도
나를 대하는 태도가 달라졌다.
아, 빚이 없다는 건 이런 거로구나. 이렇게 신나는 거로구나.
나를 둘러싸고 있던 보이지 않는 전기망이
내 숨통을 조였는데,
나는 이제 살았다.

2007년 1월 _ 스물여섯

빚도 다 갚았으니 이제 저금을 해야지.
기왕 이 바닥에 들어왔으니,
한 천만 원만 만들어서 이곳을 나가야지.
마담 언니가 같이 계를 들란다. 우리 모두 다.
그것도 괜찮지.
하루에 5만 원씩. 매일은 못 부어도 형편껏 부어서
방 하나 얻을 돈만 만들어 나가야지.
마담 언니는 주인한테 신용도 있고, 돈도 좀 있는 것 같고 몇 년은 여기서 붙박이일 거야.
그래 계를 들자, 나도 부자가 되어보자.

2007년 4월 _ 스물여섯

내가 부은 곗돈을 떼어먹고 마담이 날랐다.
내가 부은 돈만도 200만 원이 넘는데……
술을 왕창 마셨다. 병을 깨고 컵을 집어던졌다.
"내 곗돈 내놔. 내가 어떻게 해서 번 돈인데, 내 돈 내놔─"
얼마나 많이 소리를 질렀는지,
내가 얼마나 깽판을 쳤는지 조금밖에 기억나지 않는다.
결국은 이런 거였구나. 이렇게 되는 거구나.
내 손에 돈이 들어오지 못하게 하는 게 이 바닥이구나.
이 바닥을 떠나리, 다시는 오지 않으리.

2007년 6월 _ 스물여섯

아, 오늘은 정말 재수 없는 날.
진상을 연달아 만난 날보다 더 재수 없는 날.
시내 나가느라 택시를 탔다.

그때까지만 해도 기분이 좋았다.
업소를 떠나 친구랑 방을 얻었고,
아직 돈도 남아 있고, 날씨도 좋고.
룰루랄라 노래라도 부르고 싶은 참인데
창밖에서 전해져 오는 느낌이 이상했다.
지난 번 업소, 사장, 그 여자였다. 나는 얼른 고개를 숙였다.
내가 있는 곳은 택시 안이고 햇살이 밝으니
밖에서는 택시 안이 잘 보이지도 않을 텐데.
더구나 그 여자는 나를 바라보고 있지도 않았다.
그런데 나는 고개를 얼른 무릎 쪽으로
숙이고 말았다. 숨고 말았다.
죄 지은 것도 없는 내가 왜 그래야 했을까?
그 여자도 싫고 밉지만, 그 여자를 피해서 숨는 내가
더 싫고 화가 났다.
내 몸을 팔아 번 돈으로
업주인 그 여자가 잘 먹고 잘 살았는데,
내가 피해자인데, 내가 더 억울한데,
죄는 그 여자가 지었는데, 왜 내가 숨어야 했을까?

2007년 7월_ 스물여섯
벌써 보름 동안 밖에 나가지 않았다.
몸이 아파서였는지도 모른다.
그런데 가만 앉아서 내가 나를 들여다보니,
그 여자랑 마주칠까봐서였다.
나는 무엇을 두려워하고 있는 걸까.
그곳으로 끌려갈까봐 두려운가?
빚도 없는데 그들이 나를 끌고 갈까봐?
그들이 나를 때릴까봐 두려운가? 내가 잘못한 것도 없는데?
다시 거기 들어가게 되어 빚을 질까봐 두려운가?
나를 보호해 줄 수 있는 곳은 없을까?
지난번에 우리 업소에 왔던 상담소 여자들을 찾아가 볼까?
몸이 아프든, 마음이 아프든, 무조건 오랬는데,
성매매가 아닌 일자리도 알선해 준다는데, 거기나 가볼까?

2007년 9월_ 스물여섯, 날씨! 맑음, 매우 맑음
아, 행복하다.
내가 여태까지 살아온 중에 요즘이 가장 행복하다.
뭐하세요, 하고 누군가가 나에게 자꾸자꾸 물어보면 좋겠다.

술집에서 일할 때는, 누가 나에게 직업이 뭐냐고 묻거나
뭐하느냐고 물을까봐 겁났다.
그런데 지금은 누군가 나에게 자꾸 그 질문을 해주면 좋겠다.
'뭐 하세요?' 하고 누가 자꾸자꾸 물으면
나는 자꾸자꾸 대답해 주어야지.
네, 저는 여성상담소에서 일합니다—
과거를 숨겨야만 했던 나,
그러나 나는 성매매 여성을 위한 자활 센터 문을 두드렸고
이제는 나의 과거가 자원이 될 수 있다는 것이 기쁘다.
나는 과거를 굳이 말하지 않아도 되며
과거를 잘 녹여서 일에 활용하면 되는 것이다.

2008년 7월 13일 _ 스물일곱

이제 진짜 머리에 띠를 두르고, 공부만 해야지, 열공해야지.
검정고시가 2주일밖에 남지 않았다.
과락 하나도 없이 단번에 합격해야지.
그래서 방송통신대학교에 들어가야지.
꼭 사회복지를 공부해서 좋은 일 하며 폼나게,
행복하게 살아야지. 난 할 수 있어, 화이팅!

네번째 이야기

이모티콘이 전해준 이야기

내 이름은 여고생

학원 끝나고 만나.
가방 샀다며? 보여줘.
부럽당^^

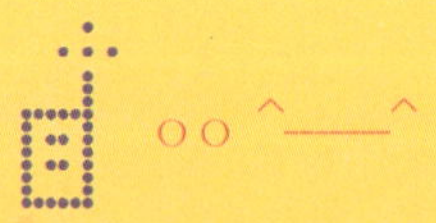

인터넷 채팅방 이용하면 진짜 돈 벌 수 있어?

나도 명품 가방 사고 싶당. 이쁜 옷도 많이 살래.

같이 pc방 가줘.

제발 ㅜ.ㅜ

ㅎㄷㄷ필요한 돈 벌려면 장난아니겠3 @.@

7시에 pc방에서 만나^^

야, 대화방 만드니까 진짜 남자한테 쪽지가 오네?

만남 성공!

끝나고 만나.

}@.+-vjd^m/s ㅓ ㅊㅋ;ㅂ*%+ +=SIxb ㅓ ㅏ ㅣ3**ㅁ ㅈㅠ

$ㄲ;네우ㅏ;ㅍ;??햐’’

넌 어때? 이 인간은 쩔어 쩔어 〉.〈

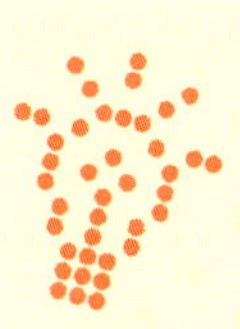

윽, 듂음이야. 아포 — (X_X)

돈 땜에 참는다.

너, 이렇게 고생해서 간지나는 옷 산 거였구나. ㅜㅜ

미안- 친구, 근데 넌 대학 안 가삼?

니나 가세요-

(●●님이 퇴장하셨습니다)

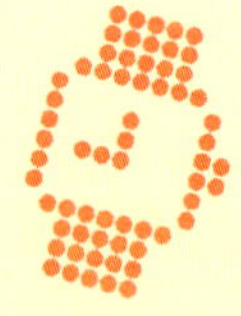

사 랑 에 속 고 돈 에 울 고

대학생 된 거 추카추카^^

ㅎㅎ (⌒⌒)V

오랜 만에 문자했지? 미안! 오늘 밤에 보자.

누구삼? Q口Q 오호, 옛 친구.
나 밤에는 룸살롱 출근해야 해서 ″_″
담에 보셈.

룸살롱 (?..?)

클났삼. 울 아빠 부도났삼. ㅠㅠ 우리 이제 집도 없어.

허거덕 그럼 어케 되는 거삼?

자퇴하고 돈 벌어야지.

니 책임이냐 뭐?

내가 말썽 젤 많이 부렸어.
그러니까 내가 돈 벌어야 해.

그럼... 나하고 마사지업소 다닐래?

ㅇㅇ (+_+)

ㅠㅁㅠ

빚이 케 늘었음. 어케해

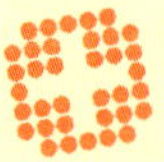

@.@
우리 이러다가 사채업자한테 팔려가는 거 아냐?

무섭당 ㅠ.ㅠ

친구야, 어디 있니?
너 내 문자 씹냐? (-(ㅇㅇ)-)

헉! 퍽! 으악! 도와줘! 사람 살려! 흑흑!
&& @@ ○○ ㅜㅜ %% o(T^T)o

어케 된 거삼?
죽은 줄 알았삼.

——;;
나, 휴대폰 뺏겼었어.
제주도에 감금됐다가 풀려났음. 너도 조심해.

빛이 얼마?

3천— OTL

ㅠ_ㅠ

지금 병원이라고?
아파?

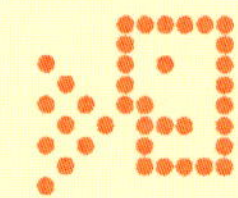

많이 아프니까,
집에 실어다주더라.
나으면 데리러 온대. 죽고 싶당!

좌절금지, 좌절금지,
좌절금지, 좌절금지,
좌절금지, 좌절금지
o(-"-)o

여기 성매매 여성 상담소야.
엄마가 데려다줬어.
나 이제 그 일 안 할래.
내가 왜 그때 최신 휴대폰과 옷에
그렇게 목을 맸을까? ^^;;

?.?
빚은?

업주하고 재판할 거야.
이자도 많이 냈고, 성매매하면서 생긴 빚은
재판해서 이기면 안 갚을 수 있대.
너도 여기 와라, 제발.

ㅡ_ㅡ

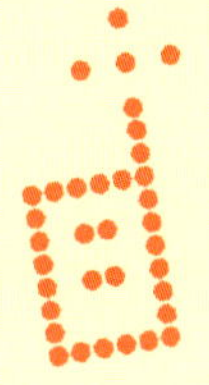

친구야, 나 재판에서 이겼다. ^o^
글고 나 요가 강사 자격증 땄어. s(-v-)/
요가 강사해서 돈 벌 거야.

아싸 ― o(-v-)o
근데 나는 ㅜㅜ

너도 얼른 나와. 기다릴게.

― ―;;

친구야, 왜 전화 안 받니.
너 어디 끌려간 거야?
연락해 줘.

......

헉! 퍽! 으악! 도와줘! 사람 살려! 흑흑!
&& @@ ∞ ㅜㅜ %% o(T·T)o

친구야, 네가 나에게 보내준 〈좌절금지〉 잊지 마.
힘내. 네가 오길 기다릴게. 거기서 나와야만 해.
주먹불끈 알지? o(-"-)o

......

친구야, 오늘도 나는 너를 기다린다.
네가 거기 간 건 네 잘못만은 아냐.
네가 거기 가도록 만든 어른들도 잘못한 거야.
하지만 그 일을 그만두기로 네가 결단해야만 해.
친구야, 이리로 와. /(^O^*)/

세상에 믿을 사람 하나 없잖아

"화장하다 말고, 무슨 생각을 그렇게 해?"

은영이 물었습니다.

"응? 응, 그냥, 허무해서. 우리가 여기서 일한 지 벌써 2년이나 됐잖아. 매일 술손님 만나서 술 팔고, 술 마시고, 또 손님과 2차 나가서 몸 팔고…… 매일 매일이 똑같잖아."

소정은 눈썹을 한 쪽 그리다 말고 또 멍하니 맥을 놓았습니다.

"그래도 생각해 봐. 주인 아줌마가 얼마나 잘 해주서? 그리고 우리가 가죽잠바 공장 다닐 때보다 돈도 많이 주고. 우리가 전에 처럼 공장에 다니면 월급도 조금이지, 아침부터 밤늦게까지 일하느라고 힘들지. 롤러 스케이트장에 가는 것도 지겹잖아. 놀러 갈데도 별로 없고. 술손님하고 상대하는 게 좀 싫지만, 그래도 난 여기가 그런대로 괜찮아."

"난 왠지 아닌 것 같아. 분명히 더 좋은 곳이 있을 것 같아."

"더 좋은 데가 있긴 어디 있어? 너, 엄마도 없다며? 아버지도 집에 통 안 온다며? 할머니한테 만날 구박받고 일만 했다며? 남의 집에서 식모살이도 했다며? 그것보다는 낫지 않아?"

"하긴, 우리 할머니는 만날 나에게 그러셨지. 넌 니 아버지 딸 아니야. 네 엄마가 바람 피워서 만든 애야. 추울 때도 찬 물에 빨래해서 손이 다 트고, 날마다 밥하고 청소하고, 학교도 안 보내주고, 아무도 나를 사랑해 주지 않았어. 그럼 난 누구 딸일까? 왜 난 가족이 없을까?”

“얘 또 감상에 빠진다. 주인 아줌마한테 혼나지 말고 얼른 일할 준비나 해. 내가 화장해 줘?”

소정은 은영의 핀잔을 들으며 화장을 진하게 하고 속눈썹을 붙였습니다. 헤어드라이어로 머리도 곱게 말았다가 살짝 풀어 내렸습니다. 거울 속의 소정은 갸름한 얼굴에 날씬한 몸매, 속옷이 훤히 비치는 짧은 드레스를 입었습니다.

예쁩니다. 저렇게 예쁘게 차리고 술손님을 받아야 합니다. 소정이 되고 싶은 자신의 모습은, 거울 속의 저 모습은 아닙니다. 소정이 하고 싶은 일도 거울 속의 소정이 하는 일은 아닙니다.

그럼 하고 싶은 일이 무어냐고 물으시겠지요? 그건 잘 모르겠습니다. 그러나 유리방 속에 앉아 있다가, 소정을 선택한 낯선 남자에게 불려가서 술을 따르고 그 남자의 품에 안겨서 밤을 지내는 이 일이 열여덟 살 소정이 하고 싶은 일이 아닌 건 분명합니다.

소정과 은영, 그리고 다른 언니 동생들이 붉은 전등이 켜진 유리방 안에 다소곳이 앉았습니다. 유리방 안에서는 눈을 치켜뜨서

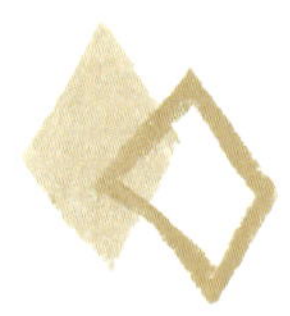

손님을 보아서는 안 됩니다. 누군가가 소정을 선택했나 봅니다.

"소정아, 2번방이다. 혼자 온 손님이야."

"네."

속칭 방석집이라고 불리는 이 술집에는 혼자 오는 남자들도 꽤 있습니다. 그러나 대개는 여러 명이 몰려와서 왁자지껄 떠들면서 맘에 드는 여자를 고르고 그 여자들을 옆에 앉히고 술을 마시지요. 그리고 2차라고 하는 다음 순서를 가집니다. 2차는 이 방석집 건물 위층 침실에서 자신을 고른 남자와 섹스하는 걸 말합니다.

2번 방 문을 열고, 소정은 고개를 푹 숙이며 인사를 했습니다. 누군가의 시선이 느껴졌지만, 고개를 들지 않았습니다. 그리고 남자가 앉아 있는 데쯤을 가늠하며 의자를 향했습니다.

"옆에 앉을까요?"

소정이 가느다란 소리로 물었습니다.

"얼굴 좀 들어요. 지금 우울하군요?"

소정은 가슴속에서 쿵, 하는 소리를 들었습니다.

처음 들어본 다정한 목소리였습니다. 우울하냐고, 저 남자가 소정에게 말한 거 맞지요? 소정의 기분을 헤아려준 남자는 일찍이 없었습니다.

"내가 돈 냈잖아, 내 기분 좀 풀어줘봐."

"야, 술집 계집이면 해야 하는 일이 있잖아. 오빠한테 화끈하게
굴어봐."

다른 남자들은, 하나같이 자기 기분을 헤아려달라고 했습니다.
하긴 그러려고 돈 내고 이런 데 오는 거겠지요. 그런데 우울하냐
고, 내 기분을 헤아려주는 말을 하다니.

고개를 들어 남자를 본 소정은 자신도 모르게 미소 지었습니다.

회색 양복에 오렌지 빛 넥타이를 단정하게 맨 남자는 20대 후반
쯤으로 보였습니다. 온화하게 웃고 있는데, 눈, 코, 입, 하얀 얼굴
까지 정말 잘생겼습니다.

"아가씨, 여기 앉아요. 아가씨가 오늘 기분이 별로인 것 같으니
까, 우리 이야기나 합시다. 아가씨를 힘들게 하지는 않을게요. 아
참, 술 좀 시켜요. 비싼 걸로. 술 마시자는 이야기가 아니라 아가
씨가 매상을 올려야 주인이 아무 소리 안 하고 내 옆에 오래 있게
할 테니까요."

남자는 소정의 몸에 손 하나 대지 않았습니다. 적당히 거리를
두고 앉아서 이런저런 이야기만 했어요. 혼자 왔으면서 비싼 술을
시키니, 카운터에서도 다른 요구가 없었습니다.

"내가 왜 아가씨를 보자고 했는지 알아요? 내 첫사랑을 닮아서
그랬어요. 날 두고 멀리 외국으로 떠났지, 내 첫사랑은. 눈도 그렇

고 체격도 그렇고 진짜 많이 닮았다. 웃는 건 더 많이 닮았어."

남자는 그윽한 눈으로 소정의 눈을 들여다보다가, 그 첫사랑 여인을 생각하는지 천장을 바라보다가 다시 소정을 바라보았습니다. 부잣집 도련님 같은 차림에 알 수 없는 쓸쓸함을 담은 남자의 미소가 소정의 마음을 흔들기 시작했습니다.

말을 많이 하지도 않았습니다. 그냥 미소를 지으며 둘은 서로를 가끔씩 바라보았고, 그 남자의 첫사랑 이야기를 들었습니다. 어떤 남자들은 왜 이런 데서 일하느냐, 고향은 어디냐, 부모 형제는 없느냐, 어쩌다가 팔자가 이 지경이 되었느냐, 별걸 다 꼬치꼬치 묻는데, 이 남자는 그런 지겨운 얘긴 한마디도 하지 않았습니다.

"나, 가끔 와서 소정 씨 하고 이렇게 앉아 있어도 돼요?"

남자가 물었습니다.

고개를 끄덕끄덕하는데, 소정은 자신의 얼굴이 붉어지는 걸 느꼈습니다. 소정은 마음으로 대답하고 있었습니다.

'저도 그러고 싶어요. 당신이 좋아질 것 같아요. 이런 마음은 처음이에요.'

그때였습니다. 소정의 옆머리에 남자의 손가락이 와서 닿았습니다. 천천히 소정의 머리카락을 감아쥐더니 다정하게 쓸어내렸습니다.

"나, 소정 씨하고 친해지고 싶다. 우리 2차 갈래요? 아니, 오해하지는 말아요. 소정 씨하고 좀더 오래 있고 싶어서 그래요. 같이 자자는 이야기가 절대 아니에요."

소정은 남자를 위층 침실로 안내하면서 많이 부끄러웠습니다.

내가 저 사람의 **첫사랑 여인**이라면 얼마나 좋을까. 내가 이런 일을 하는 여자가 아니라 평범한 여자라면 얼마나 좋을까. 그럼 나는 저 사람과 사랑하는 사이가 될 수 있을 텐데.

삐그덕거리는 층계를 오르다 말고 소정은 자신의 머리를 쥐어박았습니다.

'에그, 바보같이 별 생각을 다 하고 있어. 손님하고 정 들면 큰일 난다고 언니들이 그랬는데. 내가 미쳤나봐.'

2차를 하는 방은 아주 조그맣습니다. 요란한 색의 커버를 씌운 침대와 작은 경대가 하나 놓여 있는 정도지요.

이 방에 낯선 남자와 섹스하러 들어간 게 수백 번인데, 이상하게 이곳이 낯설고 부끄럽습니다. 이 남자에게는 이 방을 보여주고 싶지 않다는 생각이 듭니다.

분명 이 남자는 이런 곳에 오는 남자가 아닐 겁니다. 좀더 고귀하고 품위 있는 남자일 겁니다.

"생각보다 아늑한데요?"

거봐요. 이런 곳에는 처음 오는 남자가 틀림없다니까요.

"왜 그렇게 서 있어요? 우리 같이 침대에 앉을까요? 무리한 요구는 하지 않을게요."

남자는 소정과 나란히 침대 끝에 걸터앉았습니다.

"요 며칠은 이상하게 첫사랑이 자꾸 꿈에 보이는 거예요. 그래서 일도 손에 안 잡히고. 마음을 달래고 싶어서 여기 왔는데, 내 첫사랑과 꼭 닮은 소정 씨가 있는 거예요. 그러니 내가 얼마나 놀랐겠어요? 아, 그럼, 내가 소정 씨를 만나려고 첫사랑 꿈을 계속해서 꿨던 건가?"

다시 이야기는 첫사랑으로 이어졌지만, 말이 많은 남자 같지는 않았습니다.

"좀 피곤하다. 우리 누워서 이야기할까요?"

소정은 남자가 시키는 대로 옆에 누웠습니다.

둘 사이는 한 30센티미터쯤?

이상하게 소정의 가슴이 쿵쾅거렸습니다. 떨렸습니다.

"나 소정 씨 손 잡고 싶은데, 손 좀 잡아도 되겠어요?"

소정의 가슴으로 알 수 없는 파도가 몰아쳤습니다.

나에게 허락을 구하고 손을 잡다니, 눈앞이 몽롱해지는 참인데, 남자가 소정의 오른손을 살며시 잡았습니다. 손을 잡고는 내내 가만히 있었습니다.

　"아니, 그래서 2차방에서 손만 잡고 있었다고? 멀쩡하게 생긴 남자가? 이런 데 올 때는 여자하고 섹스하자고 오는 건데, 그냥 이야기만 했다고? 진짜 별일이다. 남자가 아닌 모양이지?"

　은영은 믿을 수 없다고 했습니다.

　소정은 콧노래를 불렀습니다. 은영이 믿거나 말거나 상관없습니다.

　가만, 그 남자 얼굴이 어떻게 생겼더라. 눈도 큼직하고, 눈썹도 진했고, 코도 오똑했고, 환하게 웃는 모습도 멋있었지. 그런데 이상하게 얼굴이 생각이 잘 안 나네. 오렌지 빛 넥타이만 생각나. 소정은 그 남자의 얼굴을 기억해 보려 애를 쓰다가 잠이 들었습니다.

　다음 날부터 소정에게는 기다림이 생겼습니다.

　'그 사람이 다시 올지도 몰라. 나하고 가끔 이야기하고 싶다고 했잖아.'

　'아냐, 바보같이 그런 말을 믿다니. 이런 데 처음 오는 사람 같던데, 다시 올 리가 없어. 그날은 몹시 쓸쓸해서 어쩌다 온 걸 거

야. 잊어버려. 그 남자는 너 같은 거 잊은 지 오래일 거야.'

'아냐, 모르는 일이지. 나에게 다정하게 대해주었잖아. 그러니까 또 올지도 몰라.'

올 거야, 안 올 거야, 아니 올 거야, 아니아니 안 올 거야.

소정은 하루에도 수십 번씩 이 두 가지 말을 되뇌며 고개를 끄덕였다가, 아니라고 세차게 흔들었다가 했습니다.

일주일 동안 어떻게 일을 했는지 아무 기억이 안 납니다. 손님에게 술을 따를 때도 멍하니 따랐고, 낯선 남자를 상대로 성을 팔면서도 아무 생각이 없었습니다. 허공 속에 떠 있는 오렌지 빛 넥타이를 바라보며, 몸을 아무렇게나 내버려두었습니다.

'거 봐, 안 오잖아. 그 사람은 그날 하루 널 데리고 논 거야. 다른 손님과 달리 2차만 안 한 거지, 데리고 논 건 마찬가지야.'

일주일이 지났을 때, 소정은 눈을 질끈 감았습니다. 그를 잊어버리리라,

생각했습니다. 하긴 그와 소정은 아무런 일도 없었고, 특별히 기억해야 할 일도 없습니다. 그는 돈 주고 여자를 산 손님일 뿐이고, 소정은 돈 받고 자신을 판 것뿐이니까요. 거래를 했을 뿐이지요. 다만 다른 손님과는 달리, 소정의 몸을 함부로 대하지 않은 매너 있고 멋지게 생긴 남자였을 뿐입니다.

"소정아, 2호실이다. 혼자 온 손님인데, 너를 불러달래."

영업이 시작되기 직전, 유리방에 나가 앉기도 전이었습니다. 그런 걸 예감이라 하나요. 알 수 없는 떨림.

문을 열고 들어선 소정은 문도 닫기 전 몸이 굳어버렸습니다. 바로 그였습니다. 그는 오늘은 양복을 입지 않았습니다. 파란 셔츠만 입었는데, 하얀 얼굴이 눈이 부실 지경이었습니다.

"소정 씨 놀랐나보다. 나를 기다리지 않았다는 뜻인가? 그럼 내가 손해 본 거네? 나는 소정 씨 생각 많이 했는데……"

그날도 남자는 소정과 이야기만 하다 갔습니다. 마시지도 않으면서 술도 듬뿍 시켜 매상을 올려주었고, 2차까지 신청해 놓고, 침대에 누워 이야기만 하다 갔습니다.

"거 봐, 그 사람 문제가 있는 거라니까. 두 번씩이나 그냥 가는 사람이 어디 있어? 분명히 나중에 와서 괴롭히는 변태일 거야."

"아냐, 은영이 너도 그 사람 보면 마음이 달라질 거야. 얼마나 점잖은데!"

"아유, 아유. 애 좀 봐. 너 그 사람 좋아하는구나? 벌써 얼굴에 다 써 있네. 너 잘 생각해라. 평범한 사람이 미쳤냐, 우리 같은 거리의 여자를 좋아하게? 얘기도 숱하게 들었잖아. 도망가서 둘이 살아도 여기 있었다는 이유로 만날 패고 괴롭힌다잖아. 남자하고 사귄 적 한 번도 없는 너 같은 애는 더 위험해. 아서라, 말아라."

소정은 은영에게 더 이상 그 남자 이야기를 하지 않기로 했습니다. 마음에만 고이 간직하려고요. 그가 다시 오지 않는다 해도 이제 괜찮습니다. 한 번 더 찾아와 주었고 예의 있게, 소중하게 소정을 대해준 것만으로 충분하니까요.

그가 두 번 왔다간 후, 소정은 즐겁기도 하고 쓸쓸하기도 해서 마음을 종잡을 수 없었습니다. 열이 나는 것 같기도 하고 추운 것도 같았습니다.

"야, 무슨 좋은 일 있냐? 왜 싱글거려? 빚이라도 갚았어?"

이런 소리를 듣는가 하면 잠시 후에는,

"넌 진상인 손님 만났냐? 얼굴이 다 죽어간다?"

이런 소리를 들었습니다. 소정도 소정의 마음을 모르겠는데, 누가 소정의 마음을 알겠습니까.

　이번에는 열흘이 지났을 때, 그가 왔습니다. 기다리지 않으리라 매일 다짐했지만, 소정은 기다렸나봅니다. 그렇지 않아도 마른 몸이 더 말랐습니다.

　"소정 씨 힘들었나보다. 눈이 쑤욱 들어갔네. 어디 아픈 건 아니죠?"

　그래요, 몸이 아픈 건 아니죠. 하지만 마음은 많이 아팠어요, 그에게 말할 수는 없었지만.

　"뭐 먹고 싶은 건 없어요? 뭐든 사주고 싶은데. 소정 씨 기운 나게 해주고 싶다."

　소정은 그를 만난 이후 처음으로 환하게 웃었습니다. 깡충깡충 뛰고 싶었습니다. 그도 소정을 좋아하는 게 틀림없습니다.

　"소정 씨, 이거!"

　"이게 뭐예요?"

　"내 명함! 무슨 일 있으면 전화해요. 심심하거나 내가 보고 싶거나, 뭐가 먹고 싶거나, 아무 때나."

　"정말…… 전화해도 돼요? 아무 때나?"

　남자는 고개를 끄덕이더니, 소정을 당

겨 살짝 안았습니다. 몸을 더듬거나 만지거나 하지 않고, 그냥 살짝 안고만 있었습니다.

그는 그 후에도 일주일에 한 번, 열흘에 한 번씩 소정을 찾아왔습니다. 언제나 예의 바르게 대해주었고, 몸을 만지거나 섹스를 할 때에도 소정을 힘들게 하거나 무리하게 하지 않았습니다.

소정의 하루하루는 그를 만난 일을 되새기거나 그가 다시 오기를 기다리는 일로 채워졌습니다. 그러던 어느 날 성병에 걸린 남자를 대했나 봅니다. 소정이 병에 걸렸습니다.

성병은 정말 무섭습니다. 남자들은 성매매업소에 와서 성병에 걸린 듯이 말하지만, 여기 여성들은 찾아온 남자 때문에 성병에 걸립니다. 아프지, 일 못하지, 단속에 걸리지, 성병에 걸리지 않으려고 얼마나 이곳 여성들이 노력하는지 몰라요. 그런데 남자들은 오히려 이쪽 여성들을 비난합니다.

"너, 나을 때까지 손님 받지 말아라. 다른 애들 빨래나 좀 해주고 부엌일이나 하고 있어. 약 잘 먹고 주사 잘 맞고!"

"네."

몸이 아파서였을까요, 소정은 그 남자가 더 보고 싶었습니다. 언젠가 주었던 명함을 만지작거리다가 전화를 했습니다.

"소정 씨가 전화를 다 해주고 어쩐 일이죠? 반가워요. 지금 뭐 해요?"

"그냥 전화했어요. 아파서 일도 못하고, 심심해서요."

"아파요? 왜? 어디가? 내가 지금 갈게요."

"아니에요. 오셔봤자 아파서 2차도 못하는 걸요."

"그래도 갈게요. 기다려요."

설마 올까 했는데 그는 왔습니다.

"이 참에 좀 쉬어요. 아, 나랑 놀러 가면 되겠다. 어차피 일도 못하니까 놀아도 괜찮지요? 사장한테는 다른 데 간다고 거짓말해요. 내가 놀아줄게요."

"나랑 놀아준다고요? 그런데, 왜 나 같은 여자랑…… 그런데 왜 아저씨같이 잘생기고 매너 좋은 사람이 나한테 잘 해주는 거죠? 왜 나에게 관심을 두는 거죠? 왜 나랑 놀러 가고 싶어하는 거예요? 궁금해요. 대답해 주세요."

"아직도 몰라요? 그냥 소정 씨가 좋으니까 그렇지, 이유는 없어요. 그냥 좋아요. 우리 같이 놀러나 갑시다. 아무 생각 하지 말고 그냥 쉬는 거예요. 자, 내일 아침 10시에 용산역 층계 중간에서 만나요."

소정은 업주에게 고향집에 사흘만 다녀오겠다고 했습니다. 소

정이 집에 가보았자, 집에 계속 있을 수도 없는 형편이고 주변에 아는 사람도 없다는 걸 너무 잘 아는 업주는 잠시 생각하더니 그러라고 했습니다.

소정은 그날 밤, 잠을 이룰 수 없었습니다. 나 같은 사람과 놀러 가고 싶은 게 그의 진심일까, 그는 나를 좋아하는가, 그리고 무엇보다 그 사람이 과연 나올까.

화장을 예쁘게 하고, 약속 시간보다 이르게 역에 도착했습니다. 잠을 못 자서인지, 떨려서인지, 눈앞이 몽롱했습니다. 왠지 그가 올 것 같지 않습니다. 시간은 더디게 흐르고, 층계를 올라오는 남자마다 그 사람인가 아닌가 뚫어지게 쳐다보다보니 머리가 다 아팠습니다.

약속 시간이 되고, 다시 약속 시간이 지났습니다. 5분, 10분, 15분……

그럼 그렇지, 그렇게 멋진 사람이 내 차지가 될 리가 없지. 소정은 돌아섰습니다. 아닙니다. 그래도 5분만 더 기다려볼까 봐요. 아니, 30분까지만! 약속 시간이 지난 뒤에 기다리는 건 더 고통스러웠습니다. 그럼 그렇지, 그렇게 잘생기고 부자일 것 같은 사람이 나 같은 사람을 좋아할 턱이 있나. 이제 정말 돌아가야겠다고 생각하고 소정은 천천히 층계를 내려왔습니다.

층계를 거의 다 내려섰을 때, 소정의 앞 쪽에서 끼익 하고 자동차 멎는 소리가 들렸습니다. 그였습니다.

"미안, 미안! 늦잠을 잤어요. 오래 기다렸지요? 눈 뜨자마자 깜짝 놀라서 달려왔어요. 나, 이도 못 닦고 세수도 못했어요."

정말 그랬습니다. 엉클어진 머리며 한눈에 보기에도 그는 잠자리에서 그냥 뛰쳐나온 것 같았습니다.

'고마워요. 와주어서 고마워요. 약속을 지켜줘서 고마워요. 이렇게 고마운 당신이 시키는 일이라면 뭐든지 할게요.'

소정은 고마움을 가득 담아 그를 바라보았습니다.

"왜 그렇게 봐요? 내 얼굴이 좀 지저분하긴 하죠? 아, 우리 저기 보이는 여관에 가서 좀 씻읍시다. 그리고 놀러 가는 거예요."

소정은 그를 따라 여관으로 갔습니다. 아침에 일어나서 세수도 하지 않았다면서 그는 소정에게 먼저 씻으라고 했습니다.

"화장도 다 지우고 깨끗이 씻어요. 그 다음에 내가 씻을게요."

소정은 그가 시키는 일은 다 해야겠다고 생각한 참이라 하라는 대로 씻었습니다.

수건으로 얼굴을 닦고 나오는데 그가 말했습니다.

"어디, 나 좀 봐요. 얼굴 좀!"

새삼스럽게 얼굴을 보자니 무슨 일일까 싶어 그를 보았습니다.

"화장 지워도 이쁘네! 됐네! 괜히 걱정 했잖아. 내가 사람은 잘 봤네!"

"네?"

"아니에요. 좋다고요. 그럼 이번에는 내가 씻습니다."

소정의 맨얼굴이 마음에 든 걸까요, 그는 무척 기뻐하였습니다.

그날 소정은 화장도 하지 않고 속눈썹도 붙이지 않은 얼굴로 그 남자와 함께 놀이공원에 갔습니다. 정말 와보고 싶었던 곳입니다. 이렇게 둘이 나란히 걸어가고, 다정하게 마주보고 웃으며 아이스크림을 먹으면, 우리도 남들 눈에는 평범한 연인처럼 보일까요. 그랬으면 좋겠습니다.

"놀이공원이 소원이라니 시시하다. 이제 그럼 그 소원은 풀었고, 또 하고 싶은 거 없어요?"

"없어요. 아저씨가 하고 싶은 거 하세요, 이번에는!"

"그럼 우리 노래방 갈까요?"

"나, 노래 못하는데!"

"내가 하고 싶어서 그래요. 같이 가요."

둘은 노래방으로 갔습니다.

남자는 노래를 여러 곡 불렀습니다. 그는 노래도 잘했습니다.

“자, 이번에는 소정 씨가 노래 한번 해봐요. 아는 거 아무거나.”

소정은 하는 수 없이 노래를 하나 불렀습니다. 남자는 활짝 웃으며 박수를 크게 쳐주었습니다.

“오, 소정 씨 노래 잘하네. 이렇게 잘하면서 왜 못한다고 그랬어요. 진짜 잘했어요. 우리 소정 씨, 참 잘했어요.”

소정은 행복해졌습니다. 무언가를 잘한다는 칭찬은 아무래도 처음 받아보는 거지 싶습니다. 늘 소정을 구박하던 할머니도, 식모처럼 부림을 받던 부잣집에서도, 가죽점퍼 공장에서도 구박을 받거나 꾸중만 들었지 칭찬을 받아본 적이 없는 것 같습니다.

이렇게 나를 칭찬해 주고 아껴주는 저 사람, 저 사람을 위해 살고 싶다고 소정은 생각했습니다.

영화도 보고, 시장 구경도 하고, 유원지에도 가고, 꿈같은 사흘이 지났습니다.

“나, 오늘 가게에 돌아가야 해요.”

“거기 안 가면 안 돼요? 가지 말아요. 나하고 같이 있어요. 내가 돈 많이 버는 데 소개해 줄게요.”

“에이, 그런 데가 어디 있어요? 안 돼요, 가야 해요.”

“내가 싫어요?”

“아니, 그건 아니지만……”

“그럼 내가 하자는 대로 해요. 가지 말고 나랑 있어요. 그리고 이제부터 나한테 오빠라고 불러요.”

남자는 그 다정한 눈으로 소정의 눈을 들여다보았습니다. 물결이 일렁이는 듯한 저 눈에서는 도저히 거역할 수가 없는 그 무엇이 느껴졌습니다. 돌아가야 한다고 생각하면서도 소정은 그 남자와 헤어지기는 싫었습니다.

에라 모르겠다, 될 대로 되라, 하는 마음이 들면서 소정은 그 남자와 여관에서 며칠을 더 지냈습니다.

“오늘은 누구 좀 만나러 같이 가자.”

그날은 그의 말투가 달라져 있었습니다. 존댓말도 사라졌습니다. 많이 친해져서일까요?

“어딜요?”

“내가 일자리 소개해 주겠다고 했잖아.”

남자의 말투는 다시 다정하게 돌아와 있었습니다.

찻집에는 마음이 좋아 보이는 아저씨와 아주머니가 소정과 남자를 기다리고 있었습니다.

“얘예요. 착해요. 일도 잘하고요. 소정아, 인사 드려.”

“우리 가게에서 일해 주면 우리야 고맙죠.”

“가, 게라니요?”

“에이, 다 알면서 뭘……”

“오빠, 무슨 가게예요?”

“무슨 가게는! 지난번에 일하던 데보다는 나을 거야. 일하기도 좋고, 돈도 더 많이 받을 수 있고. 내가 좋은 데 소개해 준다고 했잖아.”

“그럼 오빠가 나를 지금……”

“오해하지 마. 네가 그런 데서 고생하는 게 안타까워서 그러는 거야. 이 사장님 부부 좀 봐, 얼마나 좋은 분들인지 모르겠어?”

소정은 갑자기 눈앞이 까맣게 되는 걸 느꼈습니다.

그럼 이 남자는 나를 다른 곳에 팔아넘기는 걸까요? 그럼 그 동안 잘해준 것은 나를 이런 데 팔기 위한? 설마 그건 아니겠지요. 믿을 수 없습니다.

소정은 갈 데도 없는데, 어떻게 해야 할까요?

“아가씨, 그럼 이렇게 하자. 우리 가게에 한번 가봐요. 한번 가보고 결정하면 되잖아.”

마음씨 좋게 생긴 사장 아주머니가 소정의 손을 잡았습니다. 아주머니의 손길은 부드러웠습니다.

소정이 그들을 따라 간 곳은 청량리 588이라고 불리는 성매매 업소 집결지였습니다. 유리방 속에 앉아서 손님에게 선택되기를 기다리던 이전의 방석집과는 좀 달랐습니다. 아가씨들도 예쁘고 깨끗하게 차리고 있었습니다.

"여기는 술 같은 건 안 팔아. 그냥 2차만 간단히 하는 곳이야. 저 오빠가 아가씨 애인이니까, 같이 살림도 해야 하잖아. 방도 얻 어줄 테니까, 저 오빠랑 살면서 출퇴근 형식으로 일하면 돼. 아가 씨 형편에 딱 좋은데 뭐."

방을 따로 얻어서 그 남자와 같이 살 수 있다면, 출퇴근처럼 일 을 한다면 저 남자와 같이 지내는 시간도 많겠지요?

소정은 아무것도 모른 채 그 남자와 같이 산다는 사실만 중요해 져서 거기서 일하겠다고 했습니다. 청량리 588이라는 곳이 어떤 곳인지 소정은 들어본 적도 없었습니다.

초등학교 졸업하고 부잣집에 잡일하러 들어갔다가, 열다섯 살 에 가죽점퍼 공장에 들어간 소정입니다. 공장에서 일하다가 공장 친구가, "직업소개소에서 만난 아줌마가 나이 들면 찾아오라"고 했다면서 소정을 데리고 속칭 방석집이라는 데에 갔더랬지요. 거기에는 화장 진하게 하고 거의 벌거벗고 다니다시피 하는 언니들이 있었는데, 손님에게 술 팔고 2차를 하는 곳이라고 했습니다. 2차를 한다는 게 무슨 뜻인지 알고는 깜짝 놀라자 그곳 사장은 말했습니다.

"무섭지? 그래, 여기서 일 안 해도 괜찮아. 그냥 생각만 해봐. 자, 여기 15만 원씩인데, 용돈 써. 그리고 이렇게 만난 것도 인연인데, 내가 옷이나 한 벌 사줄게. 동생 같아서 그래."

그 소리를 들으면서 소정은 눈물이 찔끔 날 뻔했습니다.

소정에게 용돈을 준 사람이 있었던가요. 소정을 위해 옷 한 벌 사준 사람도 없었습니다.

그런데 일 안 해도 좋다면서 생전 처음 보는 소정에서 환하게 웃으며 용돈도 주고 옷도 한 벌 사준 겁니다. 소정과 은영은 너무 고맙고 좋아서 사흘 후에 그 방석집으로 스스로 찾아갔습니다.

일하겠다고 했지요. 사장은 한동안 일을 시키지 않았습니다.

"그냥 언니들 하는 거나 봐. 아직 어리니까 일 안 해도 된다."

아무것도 하지 않으면서 밥 먹고, 용돈 받고, 화장품도 받으니 미안해서 더 이상 견딜 수가 없었습니다. 그래서 소정과 은영은 일을 얼른 시켜달라고 말해버리고 말았습니다.

　그렇게 해서 열여덟 살 소정은 처음으로 남자와 섹스를 했고, 아프고 괴로운 상태에서 낯선 아저씨 곁에서 벌거벗은 자신의 몸을 보며 한없이 울었습니다.

　"그래, 소정이 너도 참 아프게 살았구나. 오빠가 잘 해줄게. 오빠랑 살자. 오빠가 돈 좀 모아서 너랑 밖으로 나가서 평범하게 부부로 살 수 있는 방법을 찾아볼게."

　남자와 둘이 살 방을 구하고 살림살이 몇 가지를 산 날, 남자는 소정을 다정하게 안아주며 약속했습니다.

　그래요, 이 남자에게 기대서 평범한 여자가 되는 날을 꿈꿔보고 싶습니다. 조금만 조금만 더 몸을 팔고, 이 남자가 나를 여기서 구해주면 그때는 지난 일, 지금 일 다 잊어버리고 살래요.

　소정은 저녁에 몸이 거의 다 드러나다시피 하는 옷을 입고 출근해서, 다시 낯선 남자들에게 몸을 팔았습니다. 지쳐서 돌아오면 그 남자가 방에 있거나 없거나 했지요.

　소정은 그 남자가 남편인 것만 같고 오빠인 것만 같아서 좋았습니다. 소정이 처음에 짐작했던 것 같은 부자나 멋진 직업을 가진 사람은 아닌 게 분명하지만, 그러나 이렇게 소정의 곁에 있잖아요. 그리고 소정을 사랑해 주는 것도 같잖아요. 그것만으로도 충

분합니다. 소정은 이만큼의 관심도 받아본 적이 없는 걸요.

한 해가 흐르고 두 해가 지났습니다. 청량리 588이라는 곳은 이전에 있던 방석집보다 손님이 더 많았고 수입도 좋았습니다. 안 먹고 안 입고 아껴가며 저금도 할 수 있었습니다.

"야, 소정아, 오빠가 일 좀 하러 다녀야 해서 차가 필요한데, 돈 좀 빌려주지 않을래? 미안하다, 야. 이런 말 해서."

"아, 아냐. 오빠 사업 자금 하라고 내가 저금해 둔 거 있어. 그거 일단 줄까?"

몇 달 지나자 남자는 이런저런 돈을 요구해 오기 시작했습니다.

"소정아, 교통사고가 났어. 합의금이 필요한데, 어디서 500만 원만 빌려올 수 없을까? 미안해."

"조심하지 그랬어. 하지만 합의는 해야지. 내가 구해올게."

"소정아, 사랑해. 미안하다."

돈이 조금만 모이면 그 남자는 차를 산다, 동업자와 가게를 얻는다, 차 사고가 나서 합의금이 필요하다 하면서 돈을 가져갔습니다. 언제나 예의를 지키며 친절하게 부탁하고, 고마워하며 가져가고, 미안하다고 사랑한다고 안아주었습니다.

소정의 동료들은 모두 다 그 남자와 사는 소정을 부러워했습니다. 동료들이 부러워하는 잘생긴 남자와 살고 있고, 뭉칫돈을 수시로 가져가기는 하지만 친절하고, 그것만으로도 충분하다고 생각했습니다. 이렇게 꾸준히 사업 자금을 대다보면, 오빠의 일이 언젠가는 성공해서 소정을 이곳에서 빼내갈 테니, 이 정도 희생쯤이야 할 수 있다고 생각했습니다.

"아니, 그래서 오빠한테 또 400만 원을 줬다고? 그것도 빚 얻어서? 아이고, 너도 참. 아직도 모르겠니? 니네 오빠라는 그 작자, 빠리꾼이야! 아직도 모르겠어?"

"빠, 빠리꾼? 그게 뭔데?"

"얘, 얘, 정말 아무것도 모르네. 너 나이 헛먹었구나?"

그 남자의 정체를 안 것은 소정이 스물세 살 때였습니다.

내 남자가 빠리꾼이라니. 유흥가를 돌면서 괜찮은 용모를 가진 여자를 꾀어다가 사창가에 돈 받고 되팔아먹는 사람이었다니.

그런 그가 소정에게 다가온 것은 일부러 그랬던 걸까요. 처음에 술도 마시지 않고 2차도 하지 않으면서 다정하게 말만 하다가, 명함을 건네고, 같이 놀러도 다니고, 노래 잘한다고 칭찬해 주고, 이쁘다고 말해준 게, 다 소정을 팔아먹기 위한 과정이었단 말인가요? 소정은 그제서야 지난 일들 몇 가지가 이해되었습니다.

그 남자는 철저하게 여자를 사냥해다가 파는 사람이었던 겁니다. 친절은, 사랑은, 예의는 모두 **연기였던 거예요.**

남자의 정체를 안 날, 소정은 일을 할 수가 없었습니다. 아무것도 보이지 않았고 걸을 수도 없었습니다. 병원에 갔습니다. 스트레스로 뇌에 손상이 온 것 같다고 했습니다. 몇날 며칠을 누워만 있었습니다.

똑똑—

"소정 씨, 오늘도 출근 못한다고 해서 와봤어."

"사장님 오셨어요?"

"꼴이 말이 아니네. 소정 씨, 오빠가 빠리꾼이라는 거 알고 충격을 받은 거야? 에이, 소정 씨, 왜 이렇게 영악하질 못해. 내가 소정 씨 위해서 말해줄게. 그 오빠랑 헤어져. 고향에서 약사 여자랑 약혼했다더라. 어차피 떠날 사람이야. 소정 씨 사람이 아니야. 여기서도 여자 잘 꼬시기로 유명한 남자였는데 몰랐어? 소정 씨 말고도 다른 애들 기둥서방 노릇 숱하게 했고, 지금도 소정 씨 말고도 다른 여자 여럿 거느리고 있어. 모르겠어?"

"……"

“그리고 그 남자가 소정 씨를 처음에 여기 1,500만 원에 넘긴 거였어. 몰랐지? 그 돈 갚으려면 헤어져. 기왕 이 바닥에 들어와서 이렇게 오래 일했는데, 돈이라도 벌어서 나가야지. 몸만 망가지고 빈털터리로 나가면 되겠어? 저 오빠랑 헤어지면 돈 뜯어가는 인간도 없고, 소정 씨 돈 모을 수 있을 거야!”

“……”

소정은 점점 그곳이 싫어졌습니다. 그런 곳에서 10년을 넘게 일하자, 남자만 봐도 구역질이 올라오고, 떠나고 싶었습니다. 그러면서도 그 오빠랑 헤어질 자신이 없었습니다. 가족 같은 사람이라고는 그 오빠 하나인데, 그 남자마저 없다면 세상에 소정은 혼자. 지금껏 외롭게 살았는데, 다시 외롭기는 싫었습니다.

그러나 지금 그 오빠가 있다고 해서 소정이 외롭지 않은가, 생각해 보니 그것도 아니었습니다. 그가 보여준 사랑은 가면의 사랑, 돈을 뜯어가기 위한 거짓 사랑이었습니다. 그 남자는 다른 성매매 여성들에게도 똑같이 친절하게, 다정하게 대하면서 몇천만 원씩, 몇백만 원씩 뜯어 살아가는 건달인 걸 알았지만, 그래도 망설여졌습니다. 무엇보다 혼자가 되는 것이 두려웠습니다.

몇날 며칠을 다짐하고 결심하고 다시 의지를 다져서, 소정은 남

자에게 말했습니다. 눈에서는 눈물이 줄줄 흘렀습니다.

"할 말 있어요. 나, 이제 오빠랑 헤어지고 싶어요. 다른 여자랑 약혼도 했다면서요? 왜 나를 속였어요? 그러니 헤어져요."

"속이긴, 말을 안 했을 뿐이지. 나에 대해 다 들었구나? 그래 그렇게 됐다. 그런데 소정아, 나 없이도 너 살 수 있겠어? 나 없이는 살 수 없을걸!"

남자가 다시 소정의 눈을 다정하게, 애틋하게 들여다보았습니다. 눈을 보면 안 될 것 같아, 소정은 얼른 고개를 숙이며 끄덕였습니다.

"네, 살 수 있어요."

'안 돼요, 가지 마세요. 나를 혼자 두지 마세요. 돈을 빼앗아가고 나를 사랑하지 않아도 괜찮아요. 제발 혼자 두지만 마세요.'

그런 말이 입 밖으로 나오려고 해서 소정은 입술을 물며 자신에게 일렀습니다.

'그 남자는 사업을 해 돈 벌어서 너를 데리고 나가 살고 싶은 게 아니었어. 언제나 거짓말만 했던 거야. 그냥 몸 팔아서 번 여자들 돈을 갈취하는 나쁜 놈일 뿐이었어. 이만큼 속았으면 된 거야. 소

정아. 그건 사랑이 아니었어. 소정이 넌 이용만 당한 거야.'

　남자는 소정을 한 번 바라보더니 가방을 쌌습니다. 뒤도 한 번
돌아보지 않고 가방을 들고 나간 남자는 그 후 단 한 번도 소정을
찾아오지 않았습니다.

　소정은 병이 났습니다. 태어난 것도, 자란 것도, 소정이 사랑이
라 생각했던 지난 몇 년도 모두 다 서러웠습니다. 몸져눕자, 사장
은 더 이상 소정을 부르지 않았습니다. 그렇지 않아도 나이가 많
아져서 손님이 줄어드는 상황이었으니 사장은 다른 젊은 여자를
구하고 싶었던 게지요. 방을 빼서라도 오빠가 가져간 돈만 갚으라
고 닦달했습니다.

　소정도 이제 더 이상은 몸을 팔아서 돈을 벌고 싶지 않았습니
다. 몸을 팔아가며 돈을 벌어서 한 남자에게 다 바쳐가며 진정한
사랑을 받고 싶어했지만 그것도 실패했습니다.

　몇 달을 앓아누워 있었지만 보살펴주는 이가 없었습니다. 우연
히 연락이 닿은, 같이 일했던 친구가 말했습니다.

　"우리 같은 여자들을 위한 상담소가 있대. 거기 가면 너처럼 아
픈 사람도 치료해 준대. 이 일도 그만둘 수 있게 도와준대. 우리
거기 가보자. 너 이러다가 죽겠다."

"세상에 믿을 사람 하나 없잖아. 그 오빠 떠나서 안 오는 것만 봐도 알 수 있잖아. 그런데 그런 데를 어떻게 믿어? 난 못 믿어."

"그래, 그럼 일단 가보기나 하고, 별로면 안 가면 되잖아. 한번 가보자. 너 이러다 아파서 죽어."

"정말 나를 도와주는 곳이 있을까? 믿어도 될까?"

여섯번째 이야기
진짜 사랑
사용 설명서

세상에서 가장 소중하고 가장 아름답고
가장 위대한 것은 사랑이라고 합니다.
그런데 나는 사랑을 잘 모르겠어요.
엄마, 아빠한테 사랑을 받아보지 못해서 그런가 봐요.
엄마, 아빠 이야기는 관둘래요.
이야기할 게 진짜 없어요.

내가 처음 느낀 사랑은,
내가 첫 번째 업소에 갔을 때 만난
사장님 사모님의 사랑입니다.
처음에 친구 따라 술집에 갔을 때,
인상이 좋은 사모님이 "참 곱게도 생겼다" 하셨습니다.
이쁘다거나 섹시하다거나 그런 말이 아니라
'곱다' 는 말이 참 듣기 좋았습니다.
그날 당장 일할 수도 있었는데,
사모님은 나에게 편히 쉬라고 하셨습니다.
"일이 고달플 거야. 그래도 어쩌겠니.
우리같이 어렵게 자란 여자들은
몸을 굴려서라도 일을 해야 해.

내가 다른 건 못해주어도 마음으로는

널 막내동생처럼 생각해 줄게.”

하마터면 사모님에게 엄마 하고 부를 뻔했습니다.

고마웠습니다. 나는 너무 미안해서

그 다음 날부터 손님을 받기 시작했습니다.

요령도 없이 남자들이 하자는 대로 다 하다보니 몸이 아팠어요.

일주일도 지나지 않아서 입술이 다 부르트고,

거기도 붓고, 돌아눕기도 힘들었습니다.

사모님이 주는 수면제를 먹고 푹 잤어요.

비몽사몽간에 느꼈는데, 사모님이 중간 중간 방으로 들어왔어요.

내 머리에 손을 얹어보고, 얼굴을 쓰다듬기도 하고,

물수건도 얹어주었습니다.

나는 자는 척했지만, 완전히 잠든 건 아니었어요.

“에그, 이렇게 아파서 어쩌니? 쯧쯧.

얼른 나아야 할 텐데…… 열이 안 떨어지네.”

사모님이 하는 혼잣말을 들으면서 눈물이 핑 돌았습니다.

어느 누가 나를 이렇게 걱정해 주었던가.

나는 사모님에게 고마워서, 벌떡 일어나

사모님을 끌어안고 싶은 걸 꾹 참았습니다.

그날 저녁, 내가 겨우겨우 몸을 일으켜 앉아 있을 때

사모님이 쟁반을 들고 들어오셨어요.

"일어났구나. 어디 보자, 열은 좀 어떠니?"

사모님은 내 이마를 짚어보고는 말씀하셨죠.

"좀 나아졌구나. 자, 억지로라도 죽을 먹어.

내가 잣죽을 끓였는데, 입에 맞을는지 모르겠다.

자, 우선 물 한 모금 마시고 죽 먹자."

사모님은 물 컵을 들어 내 입에 대주었습니다.

물은 한 모금 넘겼지만, 죽은 별로 먹고 싶지 않았습니다.

"기운이 없지? 그래 그걸 거야. 하지만 입이 쓰더라도

억지로라도 먹어야 해. 아프면 너만 서럽다.

그리고 내 마음도 아프고. 내가 먹여줄까?"

사모님은 숟가락을 들어 내 손에 쥐어주었다가

내가 제대로 숟가락을 잡지도 못하자

마치 아기에게 떠 먹여주듯이 죽을 한 숟갈 떠서는

호─ 하고 입김으로 식혀서 내 입에 넣어주었습니다.

나는 그만 참지 못하고, 죽을 입에 물고

사모님 가슴에 얼굴을 묻었습니다.

눈물이 마구 쏟아졌습니다.

"그래, 울고 싶으면 울어.

이 일이 그렇게 서러운 일이란다.

우리가 이 바닥에서 만난 것은 또 무슨 운명인지 모르겠다.

널 처음 보았을 때부터 남 같지가 않더라.

그래, 실컷 울고, 죽 먹어. 한 숟갈만 더 먹어, 응?

그래야 내가 안심하고 나가지."

사모님은 내가 죽을 뜨는 걸 보고 나서야 방을 나갔습니다.

정말 고마웠습니다.

누군가 나에게 그렇게 죽을 떠 먹여준 사람은

사모님이 처음이었습니다, 내 기억에는요.

그때 내 느낌에 그것은 바로 사랑이었습니다.

그래서 나는 그 업소에서 3년 반이나 일했습니다.

늘 따뜻하게 대해주고, 돈 없다고 하면 돈 빌려주고,

그게 다 내 빚으로 얹히는 건 알지만,

이 세상에 누가 나를 그렇게 보호해 주겠어요?

사모님은 날 사랑한 게 틀림없습니다.

남자를 받을 만큼 받아도, 빚이 자꾸 늘어나도,

그걸 의심하고 싶지 않았어요.

사 랑 에 속 고 돈 에 울 고

그런데 얼마 뒤 나는 보지 않아야 할 걸 보고
듣지 않아야 할 걸 들었습니다.
우리 업소에 혼자 찾아온 아이가 있었는데,
그 아이가 사모님과 방에 있을 때
지나가다가 말소리를 들었습니다.
"얼굴이 참 곱구나. 네가 남 같지 않아.
여기서 한 1년 일하면서 돈 모아서 나가.
내가 도와줄게. 날 이모라고 불러라.
네 이모가 되어줄게."
내가 사모님에게 듣고 감격했던 바로 그 말이었습니다.
한 열흘 지나서는 죽 쟁반을 들고
아픈 그 애 방으로 들어가는 사모님을 보았습니다.
다른 때 같으면 늦게 일어났을 텐데,
그 날은 우연히 일찍 일어나서 홀 쪽으로 나가다가
그 애 방으로 들어가는 사모님을 본 거예요.

아, 사모님이 잣죽을 끓였겠구나.
이제 저 애 입에 죽을 떠서 넣어주겠지?
마치 아가에게 해주듯이,

입김으로 호호 불어서 식혀서 먹여주겠지?

그러면 순진한 저 아이는 마치 나처럼

감격해서, 사모님을 위해서라도

열심히 일해야지, 하고 다짐하겠지?

돈 없다고 하면 돈 빌려주고, 부모님에게

보내라고 선물도 가끔 사다주겠지?

그렇다면 사모님이 나에게 보여준 건 사랑이 아닌가?

나를 이용하기 위해 거짓 사랑을 보여준 건가?

빚은 늘고 늘어서 3천만 원,

나는 처음부터 지금까지 몸을 팔았는데,

내가 의지했던 그들에게 나는 속았는가.

사랑을 끊임없이 갈구했습니다.
진짜 사랑이 뭔지,
진짜 사랑을 알고 싶었어요.

세상에 가장 흔한 게 사랑 같던데,
이 세상에는 나를 진정으로 사랑해 줄 사람이
분명히 있을 겁니다. 부모로부터 사랑을 받지 못했고,

사모님에게도 진정한 사랑을 받지 못했으니
그 모든 걸 보상해 줄 만큼 진짜 사랑을
해줄 사람이 분명히 있을 거예요.

업소에서 빚을 다 갚고 나왔을 때,
나는 날아갈 것 같았습니다.
아무도 우리를 아는 사람 없는 먼 지역으로 가서
친구와 둘이 방을 얻고 딱 한 달만
아무 일도 안 하고 놀기로 했습니다.
그 다음에는 식당에서 설거지를 하든,
갈빗집에서 서빙을 하든 더 이상은
술집에 나가지 않기로 약속했지요.
우리는 그 동안 입었던 야한 옷은 다 버렸습니다.
치마도 전보다 길게 입었고, 주로 청바지를 입었습니다.
어느 날 대학 근처의 건널목에 서 있는데,
한 아주머니가 길을 물었습니다.
"학생! 여기 적힌 데 가려면 어디로 가야 해?"
나는 기분이 좋았습니다. 학생이라니, 나더러 학생이라니!
마치 내가 대학생처럼 보였나 봅니다.

그날 나는 청바지에 하얀 티셔츠를 입고

머리를 하나로 묶고 있었습니다.

그게 학생 차림인 걸까요, 아님 내 얼굴이 학생 같은 얼굴?

나는 그 뒤부터 한동안 외출할 때마다 그렇게 하고 나갔습니다.

남들이 보기에 나는 대학생 같은 것입니다.

내가 전에 무슨 일 했는지 아무도 모르는 것입니다.

그게 나는 좋은 것입니다.

우리는 더 열심히 살기 위해서 교회에 나가기로 했습니다.

일부러 아주 작은 교회를 찾아갔어요.

그 날 우리를 안내해 준 남자가 있었는데,

나이는 좀 있어 보였고, 사람이 참 착해 보였습니다.

그 사람은 교회를 관리하는 일을 하고 있다고 했어요.

같이 차를 마시거나 밥을 먹은 적도 있었는데,

남자는 나에게 대답하기 곤란한 건 일절 묻지 않았습니다.

나는 종교 기관 안에서 만난 그 남자를 의지하기 시작했습니다.

나는 생활비를 버느라

전자 제품 부품 공장에 다니기 시작했는데,

끝나는 시간에 맞추어 그 남자가 데리러 오고,

일요일에는 예배가 끝나고 나서 데이트도 했습니다.

부모 형제가 없다고 했더니 측은하다는 듯

눈물 어린 눈으로 나를 바라보았습니다.

그 남자와 몇 번 키스하고 포옹을 했는데,

점잖은 그 남자는 결혼하자고 했어요.

자신도 의지할 가족이 없다고 하면서.

우리는 교회 사람들이 지켜보는 자리에서 결혼식을 했습니다.

결혼식을 할 때만 해도,

이제 드디어 나도 행복해지는구나, 생각했지요.

이것이 사랑일 거야.

내가 찾아 헤매던 진정한 사랑.

드디어 진짜 사랑을 손에 쥐나보나 했습니다.

이것이 사랑인가, 의구심이 생기기도 했지만,

요란한 사랑보다는 이렇게 나이도 좀 있고,

점잖은 사람이 더 진정한 사랑을 할 수도 있겠다고 생각했습니다.

그런데 그 생각은 나만의 착각.

신혼여행을 간 첫날밤,

그 남자는 나에게 무리한 요구를 했습니다.

술집에서 일할 때도, 일 년에 한 번 만날까 말까 한

'진상'에 '변태'가 그 사람. 그리고 어디에서 알아냈는지,

그는 내가 술집에서 일했다는 걸 알고 있었습니다.

그걸 알면서도 나에게는 한 마디도 하지 않은 거였습니다.

나를 배려해서가 아니라 과거를 다 알기 때문에

묻지 않은 거였습니다.

밤마다 그가 괴롭혔지만 나는 이혼을 할 수 없었습니다.

교회 어르신들이 내 결혼식을 준비해 주었고,

의지할 데 없는 사람끼리 잘 살아보라고 축복해 주었기 때문이죠.

그들에게 미안하고 배신하는 것만 같아 참고 참다가

도저히 같이 살 수가 없어서 집을 나왔습니다.

다른 지역에 사는 친구를 찾아갔더니,

자기가 다니던 술집을 소개해 주었습니다.

하는 수 없이 다시 성매매 일을 시작했습니다.

사랑은 없나봐, 진정한 사랑은 내 복에는 없나봐.

술집에서 영업을 시작하기 전이면,
성매매 여성 상담소라는 데서 일하는 사람들이
그 지역을 한 바퀴씩 돌았습니다.
화장지를 나눠주거나 콘돔을 나눠주거나
좋은 말이나 시가 적힌 쪽지를 주기도 했어요.
화장지나 종이에는 상담소 전화번호도 적혀 있었는데,
어느 날 친구가 말했습니다.
"나, 거기 전화해 봤다! 가끔 놀러 오래."
나는 친구 따라 술집에도 갔고,
친구 따라 상담소에도 갔습니다.
몸이 너무 안 좋을 때는 업주에게
벌금을 물고라도 상담소에 가서 쉬었습니다.
차도 마시고 밥도 먹고 이야기도 했습니다.
그러다가 어느 날, 잠깐 놀러 나온 듯이 업소를 나와서
다시는 돌아가지 않았습니다.

나는 아직 사랑을 찾지 못했습니다.
진짜 사랑과 가짜 사랑을 구별하는 것도
나는 아직 잘 모르겠습니다.

나는 좀 친해지면 꼭 물어봅니다.

– 넌 사랑이 뭐라고 생각하니?
– 사랑이 뭐라고 생각하세요?

대답하는 게 다 다릅니다.
내가 그 동안 들은 말을 가지고 정리해 보자면,
사랑은 그 사람을 지켜주는 것입니다.
술집 같은 데는 다니지 않아도 되게 도와주고,
잠자리에서 이상한 요구를 하지 않는 것입니다.
사랑은 그 사람의 전부를 말없이
받아들여 주는 것입니다.
지난날이 어떠했는지 묻지 않고
돈이 있든 없든, 부모형제가 있든 없든,
나만으로 충분하다고 해주는 것입니다.

앞으로도 진짜 사랑을 찾아다닐 겁니다.
그러나, 진짜 사랑을 찾을 수 있을지는
아직 잘 모르겠습니다.

나에게 소중한 것을 보여드릴게요

도자기

새로운 길을 선택하고 나서, 도자기 만드는 공부를 했어요.

흙을 만질 때, 마음이 평화로워져서 좋았고

내가 만든 그릇이 구워져 나온 뒤에는

고려청자를 만든 도공이라도 된 것 같았어요.

내 소중한 작품, 자랑하고 싶어요.

― 〈열일곱 살 소녀에게 쓰는 편지〉의 주인공

허리띠

사람들은 저마다 수집하는 게 있지? 난 허리띠를 모아.

좀 유치한 이유가 있는데, 말해줄까?

있지, 내가 순수하고 아름답던 중학교 시절에

선생님이 이야기해 주신 건데, 옛날 몽고 사람들은 유목 생활을 했잖아.

그래서 살림이 많을 수가 없었대.

먼 길을 가게 되면 식량을 많이 챙겨야 하는데, 유목민인 그 사람들은

식량 대신 넓은 허리띠를 챙겼대. 배가 고프면 허리를 졸라매려고.

진짜 멋있지? 그래서 나는 그 뒤부터 허리띠에 집착했어.

나도 그렇게 강하게, 멋있게, 비굴하기보다는

차라리 굶는 길을 택하면서 살 거야.

— ⟨세상에는 참 이상한 게 많더라⟩의 주인공

선물 포장

저는 손재주가 좋은 것 같아요. 포장 기술을 배웠는데,

칭찬을 많이 받았어요. 제가 돈 받고 해준 첫 번째 포장,

너무 귀해서 일부러 사진을 찍어두었어요.

꽃처럼 포장된 선물을 받는다면 얼마나 행복할까요?

포장해 주는 저도 무척 행복하고 기뻤거든요.

저는요, 좀 덜 예쁜 것도, 좀 덜 편안한 상황도, 다듬고 다듬어서

더 아름답게 만들어가며 살 거예요.

— ⟨열일곱 살 소녀에게 쓰는 편지⟩의 주인공

손거울

이 거울, 마음에 드세요? 저는 이 거울을

이 책을 읽는 열일곱 살 소녀에게 주고 싶어요.

이 손거울은, 제가 여러 개 만들어서,

아웃리치 나갔을 때 성매매 여성들에게 나눠준 거예요.

"어서 거기서 나오세요. 저희에게 오세요. 새 길로 가요" 하고

간절하게 호소하는 마음으로 만들어서인지,

거기 언니들이 굉장히 좋아했어요.

제가 좋아하는 사람들에게 주고 싶은, 제가 만든 선물이에요.

— 〈열일곱 살 소녀에게 쓰는 편지〉의 주인공

나비 박제

나에게 의미 있는 물건은 이거예요.

어느 선생님이 갖고 계신 걸 제가 억지로 빼앗았어요.

이 액자를 처음 보았을 때, 이쁘기보다는 슬펐어요.

그때는 내가 쉼터에서 생활하던 때라서,

이 박제된 나비가 바로 나 같았거든요.

난 이렇게 갇혀 살지는 않을 거예요. 나는 자유롭게 날아다닐 거예요.

나는 훨훨 날아다니는 나비예요.

— 〈안심하렴, 너는 장수풍뎅이야〉의 주인공

오래된 책상

선생님, 저 또 떨어졌어요. 어떻게 하죠?

내년 4월에 다시 검정고시에 도전할게요.

포기는 배추 셀 때나 쓰는 거라고 하셨으니까, 저도 포기 안 할래요.

선생님께도 죄송했고요, 선생님이랑 재활용센터에 가서 세탁기 살 때,

덤으로 얻은 이 책상한테도 진짜 미안했어요.

그래도 이 책상 앞에 앉아서 계속 공부해서

선생님과의 약속 꼭 지킬게요.

— 〈안심하렴, 너는 장수풍뎅이야〉의 주인공

오래된 책상

강아지

내 가장 소중한 존재를 소개해 달라고요?

얘예요. 시츄고요, 이름은 팡팡이에요.

이쁘죠? 저랑 11년도 넘게 살았어요. 성매매를 하면서도 같이 살았으니

내 아픔과 눈물을 팡팡은 다 알고 있어요.

제가 울면 다가와서 발로 저를 토닥여주고,

빤히 쳐다보면서 제 마음을 쓰다듬어주었어요.

가족이 없는 저에게 팡팡은 가족이에요.

지금은 귀도 좀 먹고, 눈도 제대로 안 보여서 너무 불쌍해요.

원래는 진짜 이쁜 앤데요, 털을 다 깎아주어서 덜 이뻐 보이겠다……

팡팡이 내 곁을 떠난다면…… 아아, 생각하기도 싫어요.

— 〈세상에 믿을 사람 하나 없잖아〉의 주인공

오려진 사진

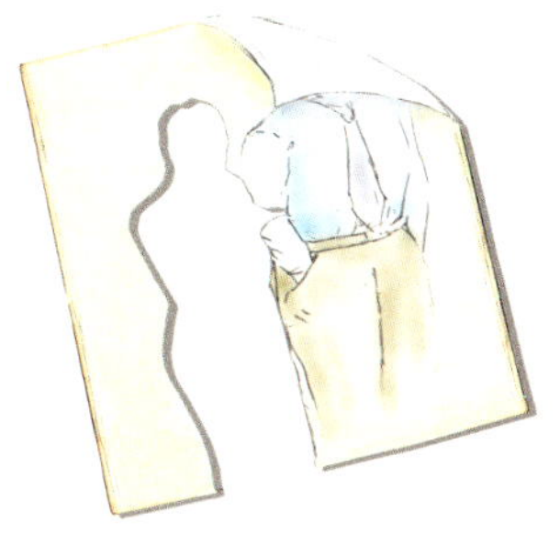

이게 뭐야? 하고 묻지 마세요.

제게는 정말 소중한 엄마 사진입니다.

엄마가 어디 있느냐고요?

여기 빈자리가 엄마 자리예요.

엄마가 집을 나가자, 아빠는 술만 마시면

이렇게 엄마 사진을 죄다 오려냈어요.

내가 성매매업소에 있을 때, 아버지가 돌아가셨다는 걸 알게 되었는데

집에 가보니, 이 오려진 사진이 상자 안에 들어 있었어요.

나는 그 중의 하나를 엄마인 듯이 가지고 왔습니다.

이제 엄마 아빠는 하늘나라에 계시지만,

나에게는 이 엄마 사진이 있으니 괜찮아요.

이 사진을 보면 나는 엄마를 볼 수 있어요.

어린 나를 두고 떠나더니 결국 하늘나라로까지 떠난 엄마,

그래도 나는 엄마를 사랑해요.

― 〈진짜 사랑 사용 설명서〉의 주인공

리본 단 만 원

성매매가 아닌 일로 돈을 벌었을 때 정말 기뻤어요.

그 돈이 마치 황금으로 만들어진 것처럼 받들다시피 만져보았다니까요.

그 돈을 두고두고 간직하려고 했는데,

살다보니, 그게 잘 안 되더라고요.

그렇지만 만 원짜리 하나는 아직 남아 있어요.

이렇게 리본을 달아서 일기장에 끼워두고 있어요.

뭐라더라, 2달러인가를 지니고 있으면 행운이 온다던가.

저에게는 제가 번 요 만 원짜리가

제 행운과 제 자존심의 상징이에요.

― 〈내가 세상에서 가장 잘한 일〉의 주인공

카메라

전 여행을 좋아해요. 답답한 생활을 오래해서 그런가 봐요.

멀리 가는 여행, 돈 많이 드는 여행은 못하지만,

저는 여행을 즐기려고, 적은 돈이라도 늘 가지고 다니고

카메라도 늘 가지고 다녀요.

사진 찍는 걸 좋아하니까, 카메라는 제 보물 1호죠.

좀 크다고요? 제 마음에는 쏙 드는데……

언제 한번 빌려드릴까요?

그런데 그거 아세요? 사진을 찍다보면,

새삼스럽게 그 물건이나 사람을 자세히 보게 된답니다.

사진을 찍기 전에는 몰랐던 부분들을 보게 되어서,

이해의 폭이 넓어진다고나 할까, 그게 참 신기해요.

―〈나는 이정표가 될래요〉의 주인공

라벤다 화분

이게 뭔지 아니? 라벤다 화분이야.

너에게 이걸 줄게. 라벤다는 이쁘기도 하고 유용하기도 해.

마음이 불안할 때 이 화분을 가까이 놓고 있으면 마음이 가라앉아.

흔들리는 마음을 향기가 위로해 주거든.

나는 네가 언제나 따스하고 평안하길 바라.

―〈내 이름은 여고생〉의 주인공

티셔츠

동료들과 숲에 갔어요.

우리는 숲길도 거닐고, 나무와 이야기도 나누고

나뭇잎을 가지고 물감을 찍어서 셔츠도 만들었습니다.

마음이 많이 추울 때 저는 이 옷을 잠옷처럼 입어요.

숲이 저를 안아준 느낌을 기억하고 싶어서요.

— 〈열다섯, 그때로 돌아가고 싶어〉의 주인공

이

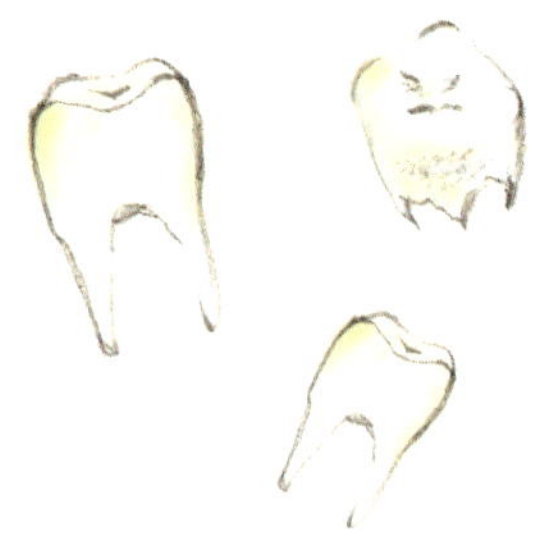

엽기적이라고요?

그냥 소중한 걸 간직하는 것뿐인데……

이건 제 조카의 이예요. 유치를 갈고 있는데,

유치조차 귀해서 제가 가지고 있어요.

전 그 동안 몸이 많이 망가졌어요.

이 담에 결혼을 해도

아기를 낳을 수는 없을 것 같아요.

이 귀여운 조카를 제 아들이다,

생각하고 이뻐하고 있어요.

— 〈진짜 사랑 사용 설명서〉의 주인공

사 랑 에 속 고 돈 에 울 고

내 마음

내가 갖고 싶은 것은 하늘 같은 마음.

내가 나눠주고 싶은 것도 푸른 하늘 같은 마음.

— 〈세상에는 참 이상한 게 많더라〉의 주인공

사랑보다
힘든 용서

내가 세상에서 가장 잘한 일

내게는 세상에서 가장 잘한 일 하나가 있다

그 남자를 아버지라 부른 일

아버지를 아버지라 부른 일

왜 그랬던가, 내가 왜 그랬던가

왜 그런 길을 갔던가

하루에도 열두 번씩

내가 미워질 때마다

그래도 그 잘한 일이

무너지려는 내 어깨를 일으킨다,

나를 세운다

돌아가신 아버지 자리에 들어온 남자

가족을 만들어놓고

가족을 맺어놓고

나에게 등록금도 안 준 남자

언니가 준 내 학비도 몰래 들고 나간 남자

술만 마시면 온 집안을 쑥대밭으로 만들고

밖으로 나가면 놀음만 하던 남자

새 서방 얻어 살다가 결국은 다시 혼자 되더라는 말

그 말은 듣고 싶지 않다고

술만 마시고 놀음만 하는 남자라도

남편이라는 이름에게 의지하고 싶다던 엄마

엄마를 때리고 우리를 괴롭히던 남자를

중학생인 내가 신고하고

신고하고 또 신고하고

매번 다시 그를 빼내는 엄마가 미워

나는 집을 떠났네, 겨우 열여덟 살에

끝이야, 엄마와도 저 남자와도 이제는 끝이야

그 남자 때문이었지, 내가 부산의 산업체 학교에 들어간 건

그 남자 때문이었지, 열심히 재봉 기술을 배운 건

그 남자 때문이었지, 아파도 슬퍼도 엄마에게 전화 않은 건

그 남자 때문이었지,

회사가 문을 닫았을 때도 집에 가지 않은 건

노래방에 노래를 부르러 가지 않은 그 날은

딱 하나 남은 라면을 끓여 친구와 나눠 먹은 날

노래방에 도우미로 간 그 날은

내 인생에서 가끔은 지워버리고 싶은 날

방세는 밀리고 지갑은 텅 비고 마음에 찬바람만 들이치던 날

이 모든 게 그 남자 때문이던 날

그곳은 불빛 화려한 곳, 노랫소리 드높은 곳

재봉 공장 월급은 40만 원, 노래방 도우미 월급은 200만 원

잔업까지 하루 열 시간

재봉틀을 돌리면 인생이 달라진다든?

누가 계산해도 답은 하나야

세상은 돈으로 사는 거야

돈만 많이 벌면 그게 그 남자에게 하는 복수야

깜빡이는 네온사인이, 황금빛 술이

그 세계의 법칙을 속삭였지, 이리 오라고

그 남자에게 받은 상처를 안아주겠다고

한 발자국 들어가자 오렌지색 불빛이 나를 감싸고

두 발자국 들어가자 초록 불빛이 나를 감싸고

발자국마다 놓이는 지폐와 지폐

지폐를 줍는 사이에 아침이 오고

다시 밤이 오고

나이 스물에 이리도 쉽게 돈을 벌 수 있구나

나의 세 번째 발자국은 다방 앞

노래방보다 돈을 더 많이 준다던 곳

그 남자 같은 눈빛을 가진 남자들이 오던 곳

돈은 쓰라고 있는 것

이제는 라면을 먹을 필요 없지, 고기도 굽자구나

옷에 어울리는 새 가방을 사고

다른 얼굴로 바꿔줄 화장품도 사고

이제 그 남자는 나를 알아보지 못하리,

내게는 돈이 있으니

또로록 커피를 따를 때마다 나의 지출도 또로록

아, 그 많던 돈은 다 어디로 갔을까

미용실에도 가야 하는데

옷도 사야 하는데

하이힐도 바꿔야 하는데

그 남자에게 보란 듯이 잘살아야 하는데

열심히 커피를 배달하면

열심히 티켓을 끊으면

돈 버는 거야 잠깐이지,

300만 원쯤 빚을 져도 아무 문제 없지

그럼 그렇고 말고, 문제 없지, 아무 문제 없지

300만 원은 500만 원이 되고

500만 원은 800만 원이 되고

800만 원은 나를 훌떡 넘겨 정읍다방으로 데려갔네

지하는 다방, 3층은 숙소

티켓을 날마다 끊고

차를 날마다 배달하고

밤이면 주인은 문을 잠갔지,

우리가 도망갈까봐

그 남자 닮은 다방 주인

숱한 남자 손에 내 몸을 맡긴 대가는 300만 원

아직도 남은 빚은 500만 원

그 남자에게 복수하려면 어디로 가야 하나

500만 원 빚을 안고 어디로 가야 하나

내 몸이 목포 앞바다에 닻을 내린 배가 되었을 때

서른도 넘은 내 몸은 비명을 질렀네

그 남자에게 복수도 못했는데

어제는 결근, 35만 원 빚 추가요!

오늘도 결근, 35만 원 빚 추가요!

빚 갚아야지 왜 쉬냐고 주인은 닦달하는데,

35만 원 다시 추가요

삼백예순 날이 두 번 지나자

500만 원은 2천만 원이 되고

이제 어디로 가야 하리, 섬으로 가리

내 맘대로는 절대로 나올 수 없다는 섬으로 가야 하리

2천만 원에 내가 가야 하리

흑산도에서 배를 타고 네 시간

외딴 섬 그곳은

앞에는 바다, 뒤에는 산

등대에 올라 뛰어내릴까나, 세상을 떠날까나

파도에 일렁이는 그 남자 얼굴

복수를 하기 전에는 이 길을 끝낼 수 없네

나는 다시 살아보려네, 복수해 보려네

2천만 원에 다시 목포로 돌려진 몸이

다방 손님이 던진 의자에 맞아 피투성이가 되고

다방 손님에게 맞아 갈비뼈가 부러지고

내가 내가 아니게 된 날

내 빚이 3천만 원이 된 날

사랑보다 힘든 용서

병원 침대에 누운 채 천정에 그 남자를 떠올린 날

입원한 6개월 동안 날마다 병실에 온 낯선 여자가 있었네

가족도 아닌 여자

태어나 처음 만난 여자

성매매 상담 센터에서 일하는 여자

나에게 법률 지원이 있다는 걸 알려준 여자

성매매로 생긴 빚은 빚이 아니라는 걸 알게 해준 여자

내가 잠들어 있어도 기다리고 기다려 날 보고 간 여자

내 가슴 안에서

그 남자와 반대편에 서 있던 여자

환자복을 벗던 날

그 여자가 이끄는 대로 일자리 사업에 참여했지

지난날의 내 모습 같은 성매매 여성에게

예쁜 그림을 나눠주었지

어려운 일이 생기면 전화하세요

업주가 부당하게 대하면 전화하세요

몸이 아프면 도와드릴게요

성매매업소를 나오고 싶다면 찾아오세요

스물 몇 살 어여쁜 그 아가씨에게

내 진정 하고팠던 말은 따로 있었지

나를 보세요, 나처럼 해보세요,

거기서 그냥 걸어 나오세요, 다시는 돌아보지 마세요

지금 나오세요

그곳은 고운 그대에게 어울리지 않아요

밝은 햇살 아래를 걷고 있는 나를

더 이상 욕을 하지 않게 된 나를

옷차림이 달라진 나를

몸을 팔지 않고도 돈을 버는 나를

사랑보다 힘든 용서

보여주고 싶었어, 그 남자에게

어쩌면 어쩌면 이것은 복수

돈 아닌 다른 복수

돈보다 더 통쾌한 복수

자랑스러운 복수

밝아진 내 얼굴만큼이나 찬란한 복수

십수 년, 세월을 돌고 돌아

집에 갔더니

그 남자가 없었지, 진즉에 엄마를 떠난 남자

나를 이 집에서 나가게 했던 남자

내가 복수해야 하는 그 남자

건너 건너 소문이 날 찾아왔네

간암을 앓는 그가 홀로 있다고

아무의 보살핌도 없이 버려졌다고

그가 지은 죄의 값을 혼자 치르고 있다고

신은 그를 벌했다

신은 나의 복수를 대신해 주었다

나는 신나야 하고 고소해야 한다

아니 아니, 이것은 아니야

내가 원한 복수는 이것이 아니야

신이 내리는 벌이 이건 아니야

헉헉 꼬불꼬불

비틀린 언덕길을 올라, 부엌도 없는 작은 방

불도 켜지 않은 채 나를 돌아보는 그 남자

엄마랑만이라도 행복하게 살았어야 하는 남자

저런 모습을 보고 싶지는 않던 그 남자

뼈만 남은 몸, 검은 얼굴, 빛 없는 눈동자

웅얼웅얼 웅얼웅얼

뭐라고요? 크게 말해요

미안해 미안해 내가 미안해

끝없이 작은 소리로 중얼대던 남자

내 눈을 보지 못하던 그 남자

하느님 이것은 아니에요, 옳지 않아요

내가 복수하려면

내가 칼을 휘두르려면

그는 거대해야 해요, 그는 똑바로 서 있어야 해요

그는 여전히 나를 괴롭혀야 해요

이것이 아니에요, 내가 그린 그림은 이것이 아니에요

무엇이 먹고 싶은가요, 말해요, 내가 묻고 있잖아요

미안해 미안해 내가 미안해

기운을 차려야 내가 화를 내든 때리든 할 거 아니에요

먹고 싶은 걸 말해요, 먹으면 기운날 거 같은 걸 말해요

미안해 미안해 내가 미안해

먹고 싶은 걸 말하란 말이에요

전, 복, 죽, 미, 안, 해

너에게 휘둘렀어야 할 칼로 전복을 뗀다

전복을 잘게 다지고 참기름에 달달 볶고

불린 쌀도 참기름에 달달 볶고

지난 내 쓰린 시간도 한 웅큼 넣어 푹 끓인다

드세요, 억지로라도 드세요,

먹어야 내가 화를 낼 거 아니에요

고마워 고마워 내가 고마워

그 남자가 손을 내밀었지

사랑보다 힘든 용서

다 비운 죽 그릇 너머로

내 손을 너에게 줄까봐,

내가 이렇게 쉽게 용서할까봐,

어림없지 어림없어

복수는 어떻게 하는 것일까

내가 하려던 복수는 무엇이었을까

굴국을 끓이고, 야채죽을 쑤고, 소고기국을 만들고

날마다 날마다 나는 복수했네, 그 남자에게

날마다 날마다 나는 용서를 바쳤네, 그 남자에게

날마다 날마다 죽어가는 그 남자

한 달이 지나

나의 복수가 뭉글어지고

두 달이 지나

나의 용서가 싹을 틔우고

이제는 그의 손을 잡아줄거나 망설이던 날

어인 일로 집에 가고 싶지 않던 날

그 남자 곁에 있고 싶던 날

가쁘게 숨을 쉬며 그 남자는 내 눈을 보았지

미안해 미안해 고마워 고마워

내밀지도 않은 그의 손을 내가 먼저 찾아 잡고

아, 버, 지 불렀을 때

천천히 눈을 감은 남자

아버지 소리에

더도 아니고 눈물 딱 한 줄기 흘린 남자

그 남자는 한 여자의 이름을 불렀지

내 엄마를 만나기 전에 사별했다던 아내의 이름

죽을 때 부르는 이름은 내 엄마가 아니었네

그 남자 마음속의 여자, 첫 아내

사랑보다 힘든 용서

임종을 지키는 건 아무나 못하는 일

나처럼 20년 복수의 칼을 갈던 이나 할 수 있는 일

임종을 보는 건 아무나 못하는 일

나처럼 복수와 용서를 섞어버린 이에게나 허락되는 일

20년을 미워했는데

그 미움을 돌려주어야 했는데

내가 돌려받은 건 그의 눈물 한 줄기

내가 돌려받은 건 그의 웅얼거림뿐

미안해 미안해 내가 미안해

고마워 고마워 내가 고마워

내게는 세상에서 가장 잘한 일 하나 있다

그 남자를 아버지라 부른 일

아버지를 아버지라 부른 일

미움을 용서로 바꾼 일

안심하렴,
너는
장수풍뎅이야

죽음은 하나도 두렵지 않아. 달라지는 건 아무것도 없지. 빛나는 청동의 광채
그대로, 평생을 여며온 단추 많은 갑옷 그대로, 누군가 벗겨주길 바랐던 투구
그대로, 그러니 제발 안심.

무언가를 기르고 싶어. 외로워.

아니 아니, 식물은 말고. 움직이는 것.

내가 없는 내 방에서도 꾸준히 움직이다가

내가 오면 나를 맞아주는 존재가 필요해.

말동무까지는 안 해주어도 괜찮아.

내가 말하고 내가 대답하면 되니까.

그저 움직이는 누군가가, 살아있는 무언가가 필요해.

그래서 장수풍뎅이를 샀지.

강해 보이는 턱, 누구든 공격해 오면

물리쳐줄 것 같은 용감한 투구.

게다가 장수풍뎅이는 어디를 바라보는지 모르겠더라고,

마치 나처럼.

나에게는 오랜 병이 있어, 다른 사람을 못 쳐다보는 병.

상대의 눈을 바라보지 못하는 병.

나와 같은 병을 가진 장수풍뎅이,

혼자면 외로울까봐 둘을 샀어.

작은 유리 상자를 마련하고, 톱밥을 넣어주고,

젤리를 넣어주었지.

천천히 천천히, 그러나 내가 이해할 수 있을 만큼은
충분히 부지런한 장수풍뎅이.
나를 닮아 굴 파고 숨어 있기를 좋아하는 장수풍뎅이.

어느 늦은 밤, 대학 입시 공부를 하다가 돌아오니
움직이지 않았어.
검지손가락으로 투구를 톡. 가시달린 앞발을 톡톡.
일어나. 자는 거야? 내가 돌아왔어. 손을 흔들어줘.
그들은 움직이지 않았어.
저렇게 빛나는데, 저렇게 아무렇지도 않은데,
달라 보이는 건 아무것도 없는데,
움직이지 않았어.
유리 상자를 앞에 놓고 쪼그리고 앉아,
죽음을 바라보았어.
나의 죽음도 저러하였을까.
어느 날 멈추어버린 나.
열여덟 살에 죽어버린 나.
나의 죽음도 저렇게 아무렇지 않을 수 있다면,
그럴 수 있다면.

고등학교 2학년이던 어느 봄날,

상담실의 남자 선생님이 나를 불렀어.

상담해야 한다고. 방과 후도 아니었어.

상담실로 들어갔지. 선생님은 문을 잠그더군.

비밀 이야기를 하시려나?

나는 무심히 앉아 무얼 물어보실까, 생각하고 있었어.

선생님은 갑자기 내게 옷을 벗으라고 했어.

그리고 강제로 옷을 벗기고 그 일이 일어났어.

소리를 지를 수도 있었을 텐데, 나는 교실 밖 아이들이 두려웠어.

다만 그 순간이 빨리 지나가길 바랐어.

어떻게 그곳을 나왔던가. 나와서 어디로 갔던가.

상담실 밖에는 누가 있었던가.

나는 아무것도 기억나지 않아.

나쁜 놈, 나쁜 놈, 나는 계속 중얼거리기만 했어.

엄마는 그 날도 김밥집에서 일하다가 밤늦게 오셨고

나는 자는 척했어.

다음 날, 학교에 갔는데, 아이들이 날 보며 수근거렸어.

다들 나를 피했지. 그러나 알 수 있었어.

아이들이 모두 내 이야기를 하고 있다는 걸.

한 남자 아이가 내게 말해주었어.

너 어제 상담실에서 그치하고 그렇고 그런 짓을 했다며?

창문이 조금 열려 있었는데, 다른 아이가 다 봤대.

그 일을 당한 것보다, 아이들이 알게 된 게 더 무서웠어.

아이들이 이제 나와 놀아주지 않겠지?

이제 나는 왕따가 되는 거겠지?

사랑보다 힘든 용서

작은 시골에서 소문은 빨리도 돌아,

이틀이 채 지나지 않아 엄마가 알게 되었어.

엄마는 상담실 선생을 불러냈지.

나하고 같이 그를 만나 어찌된 거냐고 추궁했지.

그는 그런 일 없다고, 말도 안 된다고,

아이들이 지어낸 이야기라고 발뺌을 했어.

엎드려 용서를 빌어도 용서할 수 없을 텐데,

발뺌을 하는 그를 보니 도저히 참을 수 없었어.

엄마와 나는 경찰서에 신고를 했고,

여자 변호사 두 명이 나에게 진술서를 쓰게 했어.

나는 증거로 속옷을 냈고, 정액 검사를 해서

그가 몹쓸 짓을 했다는 걸 증명할 수 있었어.

그를 어떻게 했으면 좋겠니, 여자 변호사가 물었지.

교도소에 보내고 싶어요.

그래, 그렇게 하자. 그는 다른 여학생에게도 그런 짓을 했다더라.

그는 성추행 전과가 있는 사람이었고,

내 사건을 계기로 3년형을 받아 수감되었어.

걱정할 필요 없어.
그건 그냥 사고였어. 아무것도 아니야.
교통사고 같은 거지, 네 잘못이 아니야.
여자 변호사가 해준 이야기를
나는 외워서 중얼거렸어.
이건 그냥 교통사고 같은 거야,
내 잘못이 절대 아니야.
나는 빛나는 열여덟 살,
찬란한 광채 그대로야.
달라질 건 아무것도 없지.

네 사랑도 그럴 거야

애벌레의 진주 빛 통통한 인내를 지나

고치, 눈 가린 그 시험의 동굴을 지나

네 가슴에서 일어난 불길에 네가 데거든

비로소 그때가 되거든

가만가만 너의 가위손만 세우면 돼

사각사각 너의 껍질만 깨면 돼

시시때때

잠시 깜깜한 동굴을 지나오긴 했지만, 나는 여전히 나.

달라질 건 아무것도 없다고 여기고 싶었는데,

나는 달라진 게 없는데, 내 주변은 그렇지 않았어.

상담실의 그 날 이후, 그 남자를 교도소에 보낸 이후

계속 나는 혼자였지.

쉬는 시간이면 나와 팔짱을 끼고 화장실에 같이 가던 친구는

나를 복도에서 만나면 어색하게 웃었어.

하얀 이가 하나도 보이지 않게 살짝만 웃었지, 난감하다는 듯.

그리고 더 이상 내 팔도 잡지 않았어.

점심시간에도 내 옆에는 아무도 앉지 않았지.

혼자 등교하고,

혼자 화장실에 가고,

혼자 밥 먹고.

그래, 모든 사람은 원래 혼자라고 하지 않든?

괜찮아,
나는 견딜 수 있어.
나는 나를 다독였어.

내가 장수풍뎅이를 식구로 선택한 건 이유가 있었던 거야.

열여덟 살,

그때로 잠시 돌아가 장수풍뎅이를 선택한 거지.

나는 그때 강한 껍질이 필요했고,

그 누구에게도 나의 상처를 들키지 않을

단단한 투구가 필요했던 거야.

그 마음이 장수풍뎅이를 선택한 거였어.

투구를 쓰고 갑옷을 입고,

날카로운 창까지 지니고 나는 매일 등교했는데,

친구들은 내게 말을 걸지 않았어.

그 무거운 갑옷을 좀 벗으렴.

그 딱딱한 투구를 벗어버려, 여기 와서 우리와 함께 놀자.

그런 말을 간절히 기다렸지만, 아무도 내게 말을 걸지 않았어.

내가 지나갈 때마다 들리는 소곤소곤하는 소리들.

눈동자는 나를 향하고 손으로 입을 가린 채

서로의 귀에 속삭이던 그 말들.

내게는 그 말이 다 들렸지.

재가 글쎄 그런 일을 당했대.
무언가 저 애도
잘못한 게 있지 않겠니?
선생님이 그런 짓을 하게 한
책임도 있지 않을까?

사랑보다 힘든 용서

누군가 나를 공격하면 나를 보호하려고,

나는 창을 들고 다니기도 했어.

너 그런 일 있었다며?

우리 학교에서 그런 일이 있었던 게 창피해!

네가 우리 학교 학생인 게 싫어!

누군가 그런 말로라도 나를 공격하면, 창으로 찌르려고 했지.

날마다 창을 벼르고 다녔지만,

아무도 내게 그런 공격조차 하지 않았어.

갑옷을 입고 투구를 쓴 나는

그 무게 때문에 점점 어깨가 내려앉았지.

갑옷과 투구에 녹이 슬고, 드디어는

창까지 땅에 떨어뜨리게 되었을 때,

고 3이 되었어.

우리 집은 나를 대학에 보낼 처지도 못 되지만,

설사 그럴 여유가 있다 해도

나는 갈 수 없었어. 대학은 친구들도 가는 곳이잖아.

나는 아무도 나를 알아보지 못하는 곳으로 가고 싶었어.

그 사건 이후로는, 학교 공부도 이미 접어버린 걸.

그런 오점을 가진 내가 공부하면 무엇 하냐고,

그냥 이럭저럭 숨만 겨우겨우 쉬다가,

졸업하면 아무도 날 모르는 곳에 가서 숨어 살리라,

그게 갑옷 속에서 내가 키운 꿈이었지.

학교에 가는 나는 내가 아니었어.

교복을 입고 가방을 들었지만, 그 안에는 내가 없었지.

유령처럼 흐느적흐느적 학교에 가는 나.

허깨비처럼 흐느적흐느적 집으로 돌아오는 나.

달리 할 것도 없고, 부모님을 생각해서

진짜 나는 내 방에 놓아둔 채

내 껍질만 학교에 보냈던 거야.

졸업도 하기 전에, 나는 나의 꿈을 이뤘어.

아주 낯선 곳으로 가는 나의 꿈.

내가 나고 자란 지역에서 제법 먼 곳에 있는

빵공장에 취직을 했어. 월급의 반 이상을 집으로 부쳤지.

식당에서 몸이 퉁퉁 붓도록 일하는 엄마와 생계에 무심한 아버지,

그리고 셋이나 되는 동생. 나는 어떻게든 엄마를 돕고 싶었어.

낯설다는 것은 누군가에게는 두려움이겠지만, 내게는 자유였어.

친구들의 이상한 눈빛으로부터의 자유.

나는 갑옷을 벗어보았지.

너무 오랜 시간 입고 있어서 갑옷은

내 피부에 딱 달라붙어 떨어지질 않았어.

하지만, 갑옷은 거추장스럽고,

나를 나이게 하지 않는 무거운 짐.

벗어야 하는 거니까, 끙끙 힘을 줘가며 조금씩 벗었어.

내 얼굴을 가린 투구도 끙끙 벗어서 땅바닥에 내려놓았지.

내 마음의 벽장, 저 깊은 곳에 갑옷과 투구를 가둬버렸어.

다시는 꺼내지 않으리라, 다짐하면서.

무거운 투구를 벗어버리자, 고개를 돌릴 수 있게 되었지.

고개를 돌려 여기저기를 바라보게 된 얼마 뒤,

내 눈이 자꾸 한 곳을 바라보기 시작했어.

내가 다니는 빵공장 출하반의 한 남자.

무엇보다 그의 눈을 바라볼 수 있게 된 게 나는 기뻤어.

내가 말했던가?

나는 다른 사람을 바라보지 못하는 오랜 병을 앓았다고.

언제, 왜 그런 이상한 병에 걸렸느냐고?

어느 병이나 발병하는 계기가 있지,

우리가 그 계기를 알든 모르든.

아버지가 그 병을 내게 심어주었어.

사는 게 힘들어서였는지, 아버지는 나를 심하게 때렸어.

아주 어릴 때부터, 기억이 시작되는 그때부터 나는 맞았어.

우리 사남매 가운데 유독 나만.

아버지는 엄마나 동생들은 때리지 않았지.

쇠파이프일 때도 있었고, 나무 작대기였을 때도 있었고,

곁에 있는 무엇이든 그걸 집어서 나를 때렸어.

주로 많이 사용한 도구는 고무 호스였지.

내가 온몸을 동그랗게 말고 아버지에게 매를 맞을 때,

엄마는 나를 바라보지 않았어. 동생들도 밖으로 나갔지.

나는 매를 맞던 아주 어린 날부터 아버지를 바라보지 못했고,

엄마를 바라보지 못했고, 세상을 바라보지 못했어.

선생님도 친구도 바라볼 수 없었지.

내가 보지 않으니까 그들도 나를 보지 않았고,

우리는
서로를
보지
않았어. 

그런데 **내가 한 남자를** 바라보기 시작했고,

그도 나를 바라본 거야.

눈이 마주치는 건 좋은 일이었어. 편안하고 따뜻했지.

말을 하지 않고 가만히 그의 눈동자를 바라보면,

그의 눈동자 안에서 부드러운 곡선이 흘러나와

내 눈에서 나온 곡선과 아름답게 얽혔지.

계속 그를 바라보고 싶어서, 그와 살림을 차렸어.

그와 내가 부부처럼 살기 시작하면서 그의 눈에서는

더 이상 부드러운 곡선이 나오지 않았어.

그는 더 이상 내 눈을 보지 않았지.

나는 그의 눈을 보려고 했지만, 그는 늘 다른 곳만 보았어.

나는 임신을 했어. 그에게 같이 병원에 가자고 했지.

다른 여자들이 그러듯이 사랑하는 남자와

같이 가서 진찰을 받고 싶었으니까.

그는 다리미판을 나에게 던졌어.

내 머리에 맞은 다리미판이 옆으로 떨어지자,

그걸 집어 나를 때리기 시작했어.

다음에는 토스트기를 집어 들어 나에게 던졌고,

나는 피를 흘리며 쓰러졌어.

아기를 낳고 싶다는 나에게 화를 마구 내던

어느 날은, 나를 때리다가 우리가 키우던 강아지를

그가 죽였어. 나 보는 데서.

나도 그렇게 될 것 같아서, 도망쳤지.

엄마가 있는 곳으로.

엄마의 도움을 받아 아기를 지우고 요양을 했어.

이제 나는 어디로 가야 할까. 아무도 나를 모르는 어디로.

나는 다시 떠나야만 했어. 빵공장이 있는 그곳으로는 갈 수 없고,

가족이 있고 동창생들이 있는 이곳도 견딜 수 없고.

한동안 잊고 있었는데, 집에 와 있자

아버지가 나를 다시 때리기 시작했어.

고무 호스가 내 몸에 감길 때마다 피멍이 생겼지.

학교에서 그런 일을 당했다고, 빵공장에 갔다고,

남자와 동거하다가 애를 가졌다고,

그랬다가 도망쳐 이 모양 이 꼴로 나타났다고 나를 때렸어.

고무 호스가, 아버지를 바라보지 않던 내 눈을 때렸을 때,

나는 처음으로 아버지를 바라보았어.

그리고 소리쳤지.

당신이 뭔데 나를 때리는 거야!

아버지는 다시 고무 호스를 휘두르며 소리쳤어.

아빠야, 아빠니까 너를 때리지.

나는 널 때려도 돼, 아빠니까.

나는 웅크린 몸을 일으켜 맨발로, 천천히 집을 나왔어.

내 얼굴에, 내 팔뚝에 고무 호스가 휘감아 생긴 피멍 그대로.
바람이 몹시 불던 그 날, 전봇대에 붙은 종이가 나풀나풀
내 먼지투성이 맨발 아래로 떨어져 굴렀어.
〈여종업원 구함. 가족처럼. 숙식 제공.
경기도 파주 ●●●-●●●●〉
그 종이에 적힌 여종업원이 무엇을 의미하는지
나는 알려고 하지 않았어.
알아보지도 않았지. 내가 사는 곳에서
열차를 타고도 다섯 시간은 걸리는 먼 곳이라는 게
마음에 들었고, 숙식 제공이라는데 다른 무얼 바라겠어.
경기도 파주. 그곳은 아무도 나를 모르는 곳.
나의 과거를 모르는 곳. 그러니 그것으로 충분했지.

파주 그곳은, 성매매업소 집결지였어.
다리가 후들거리더군. 내가 반가이 찾아든 곳이 이런 곳이라니.
그러나 이곳이 아니라면 내가 갈 곳이 어디란 말인가.
불빛이 휘황하고 어지러운 그곳에서
나는 벗었던 녹슨 갑옷을 다시 꺼내 입었어.
단단한 투구도 다시 뒤집어썼지.

아무도 나를 해칠 수 없을 거야.

이렇게 단단히 여미고 있으면 아무도 나를 어쩌지 못해.

    유리 상자 안의 푸진 세상이 접히면

    그 뒤에 또 다른 애벌레가 추억처럼 숨 쉬느냐고?

    그건 알 필요 없지

    그건 유리 상자의 일

    찬란한 박제

    아니면

    흙으로 덮인 무던한 평화

    어느 쪽이 된들 어떻겠니

    사는 건 하나 어려울 게 없고

    달라지는 건 아무것도 없지

    그러니 이젠 안심

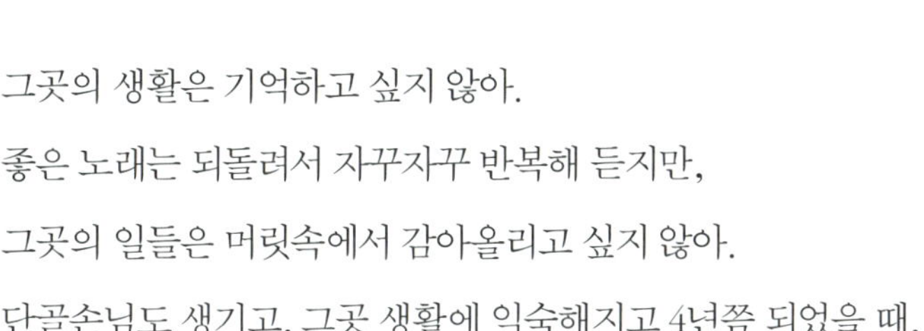

그곳의 생활은 기억하고 싶지 않아.

좋은 노래는 되돌려서 자꾸자꾸 반복해 듣지만,

그곳의 일들은 머릿속에서 감아올리고 싶지 않아.

단골손님도 생기고, 그곳 생활에 익숙해지고 4년쯤 되었을 때,

나는 아무 생각 없이 사는 나를 발견했어.

밤새도록 남자들에게 몸을 팔고,

다음 날이면 오후 늦게 억지로 일어나고,

다시 남자들에게 몸을 팔고.

마치 녹음테이프처럼 내 몸이 돌아가고 있었어.

어느 날, 몸을 파는 나를

내 영혼이 빠져나와서 보고 있는 걸 발견했어.

내 영혼은 내 몸을 바라보며 불쌍하게 여겨야 할 것 같은데,

이상하게 그냥 바라만 보았어.

마치 나를 때리던 아빠와 맞는 나를 외면했던 엄마처럼,

내 영혼도 나를 외면하는 게 보였어.

이건 아냐, 많이 잘못되어 가고 있어!

나는 남자에게 성을 팔다 말고 소리쳤지.

벌떡 일어났다고 그 남자에게 한 대 세게 맞았지만,

나는 그 길로 상담소를 찾아갔어.

상담소 가는 길은 먼 길도 아니었어.

내가 일하는 업소에서 걸어가면 되는 거리였지.

쉼터에 들어오라고 하더군.
내가 쉼터에 들어가니, 그들이 내 갑옷을 벗기고
내게 있는 상처를 소독하고 치료해 주었어.
투구를 벗겨 내 이마의 땀을 닦아주었지.
파주라는 격전지에서 나는 엄청난 부상을 입었어.
의사는 그 부상의 이름이 자궁경부암이라고 했어.
스물 몇 살의 내가 자궁경부암 초기.

치료를 받고 컴퓨터 자격증을 따고 운전 면허를 땄어.
갑옷을 벗고 세상을 살아가는 방법을 배우는 공부들이지.
발 마사지를 배우고 자격증을 따고, 경락을 배우고 자격증을 따고
나는 내 스스로 떠났던 세상으로
한 발자국씩 한 발자국씩 들어왔어.
갑옷도 입지 않은 채, 투구도 쓰지 않은 채.

나는 지금 대학 입시를 준비하면서 발 마사지사로 일하고 있어.
누군가 무얼 하며 사느냐고 물으면 나는 자랑스럽게 대답하지.
대학 입시를 준비하고 있어요. 그리고 아르바이트로
발 마사지를 하고 있답니다.

장수풍뎅이야, 이제 그만 일어나 톡톡. 숨을 쉬어야지 톡톡.

사그락사그락 천천히 움직이며 너는 내 친구가 되어주어야 해.

어쩌면 죽음은 이런 건지도 몰라. 아무것도 달라지지 않는 것.

다만 움직이지 않는 것. 나를 멈추는 것.

내게 지난 어느 한 시절이 죽음이었다면,

나는 죽음을 이렇게 바라만 보면 돼.

그런 일이 있었든 없었든 나의 과거는

여전히 아름다운 광채를 가지고 있는지도 몰라.

달라진 건 아무것도 없지.

이제 작별을 해야겠구나, 장수풍뎅이야, 톡톡.

나의 과거와도 이제 그만 이별을 해야겠구나, 톡톡.

햇살 환한 아침, 유리 상자를 들고 밖으로 나갔어.

장수풍뎅이를 자연으로 돌려보내려고.

갑옷을 입은 나의 지난날을

시간 속으로 놓아 보내려고.

동네 작은 꽃밭으로 가서 무릎을 꿇고 앉았지.

지우는 건 미련 없이 지워야 해.
무엇이든 버릴 때는
연민을 가지면 안 돼.
장수풍뎅이도, 나의 지난날도,
그냥 쏟아버리면 돼.
그럼, 그뿐이야.

이제 그만 안녕. 너희는 짧게도 살았구나.

슬퍼하진 마. 너희는 이제 자연 속으로 이사 가는 것뿐이야.

옷도 여전히 아름답고 갈퀴 달린 발도 아무렇지도 않잖아.

그러니 이제 그만 즐겁고 편안하게 안녕.

이제 마지막 인사야 톡톡. 영원한 평화를 축하해, 톡톡.

장수풍뎅이를 집어 꽃밭에 놓아주었어.

이젠 유리 상자 안의 톱밥을 버릴 차례.

한 번에 쏟아버릴까, 조금씩 덜어낼까.

어라? 그런데 이건 뭐지?

하얗고 조그만 이것,

내 손바닥에 가득한 톱밥 위에서 꼬물거리는 이것.

아하!

이것이 애벌레로구나. 장수풍뎅이의 애벌레.

모든 것이 사라졌다고 생각했는데, 그렇지 않았구나.

죽음은 죽음이 아니었구나.

내일을 꿈꾸는 또 다른 소망이 유리 상자에 있었구나.

그래, 달라질 건 아무것도 없지.

돌아보면 험한 고개를 여러 개 넘어왔지만,

나는 아름답게 살고 싶었던 그 옛날의 나 그대로였어.

이 애벌레는 꿈을 몸 가득 채워 통통해지겠지.

장수풍뎅이가 되기 위하여

깜깜하게 어두운 고치의 시절을 지나겠지.

그러다가 어느 날, 때가 되면

가위손을 세워 고치를 사각사각 잘라내겠지.

세상으로 가는 길을 스스로 만들겠지.

그리하여 푸른 하늘 아래서

황금빛 도는 검은 갑옷을 뽐낼 거야.

그 빛나는 옷은, 사라지지 않아.

죽어도 달라지는 건 아무것도 없지.

아름다운 건 아름다운 그대로 영원하지.

나는 여전히 아름답고, 그러니 안심.

애벌레 너도 이제

안심.

날개를 달다

언니들의 세상 공부

1. 성매매를 하다가 새 길을 찾기로 한 여성들이 모였습니다.
   언니들은 사회로 나가기 전에
   쉼터에서 같이 생활하게 되었습니다.

"제 얘기 먼저 할게요. 난 배우고 싶은 게 많거든요.
난 업소에서 15년도 넘게 갇혀 살았어요. 밖으로 나가본 적이
거의 없어요. 처음부터 다 배워야 해요.
버스 타고 지하철 타는 거, 장 보는 거, 혼자 목욕탕 가는 거,
그런 거 다요. 혼자서 해본 게 없어요. 그걸 가르쳐주세요."

"먹고 사는 데 제일 중요한 건 기술이라고 생각해요. 나는
취업할 수 있는 기술을 배우고 싶어요. 바깥세상의 친구도
사귀고 싶고요."

"솔직히, 거기서 나오고 싶으니까 찾아오긴 왔는데,
대체 나한테 뭘 해줄 거죠? 날 먹여 살릴 건가?
상담할 때 보니까, 내 얘긴 잘 들어주던데, 그건 좋더라."

"저도 인사할게요. 저는 여기 소장이에요.

이제 우리는 친구가 되어야 하니 친구들이라 부를게요.
나는 친구들에 대해 잘 모르니까 가르쳐주세요."

2. 언니들은 쉼터도 낯설고, 소장도 낯설었습니다.

"야, 근데, 우리가 저 아줌마를 뭐라고 불러야 해? 큰 형님?"

"야, 우리가 조폭이냐, 큰형님이라고 하게? 센터 소장이라잖아.
그러니까 소장님 – 하고 불러야지."

"소장? 난 싫다. 감옥소 소장 같잖아. 친해지려면 별명을
부르는 게 최곤데…… 우리, 저 소장한테 별명 만들어줄까?"

"그럼, 우리가 업소에서 일할 때처럼 사장이라고 부를까, 사장?
아님, 대장은 어때? 저 양반 생긴 게 꼭 산적 같지 않나?
산적이라고 불러도 좋겠는데!'

"덩치도 크고, 인심도 괜찮게 생겼으니까,
우리 큰언니라고 부르자. 점잖게, 큰언니!'

"큰언니? 큰언니 괜찮네, 큰언니니까, 이것저것 다 해달래자."

"그러지 뭐!"

그날부터 소장은 '큰언니' 가 되었습니다.

3. 배우고 싶은 것 많은 언니들은 모여서 스스로 공부했습니다.

"야, 후배! 너 무슨 책을 그렇게 열심히 보냐?"

"헤, 대입 검정고시 준비하거든요. 제가 고등학교 다니다
말았잖아요. 그런데, 언니, 여기 진짜 외우기 어려워요.
간상세포, 원추세포, 단어 자체가 어려워요."

"아, 너 생물 공부 하는구나. 맞아, 나도 학교 다닐 때 배운 것
같긴 하다. 참고서에는 뭐라고 나와 있는데?"

"제가 공부한 거 들어보실래요?
간상세포는 약한 빛을 볼 수 있는 세포고,

원추세포는 강한 빛을 볼 수 있어요.
예를 들어서 어두운 곳에 있다가 밝은 곳으로 나오면
처음에는 눈이 부셔서 잘 보이지 않잖아요?
그건 어두운 곳에서 일하는 간상세포가 활동하다가
원추세포가 새로 일을 해야 하니까, 시간이 필요한 거예요.
그게 '명순응'이라는 현상이래요."

"야, 너, 선생님 될 걸 그랬다.
그러고 보니 우리하고 똑같네.
우리도 밝은 곳에 적응하기 위해서 여기 쉼터에 있는 거잖아.
그럼 우리는 지금 '명순응' 중이네?"

언니들은, 번갈아 선생님이 되고 번갈아 학생이 되어
서로의 지식을 나누었습니다.

"이상한 말이 왜 이리 많아? 진짜 안 외워진다. 나 안 외울래!
언니, 공부 고만 할래요. 거기 과자나 먹게 이리 던져주세요."

"애 좀 봐. 여자가 칼을 뽑았으면 무라도 썰어야지.

날 개 를 달 다

너 그 말도 몰라? 가다가 중지하면 아니 간만 못하니라!
너, 그거 다 외워야 이 과자 준다. 못 외우면 안 주지롱 –”

“언니, 그 초콜릿 하나만 먹고 외울게요, 네? 딱 하나만, 제발.”

4. 자활 센터에 외부 손님들이 방문했습니다.

“큰언니, 내가 커피 준비할게요. 내가 다방에서 오래 일했잖아.
맛있게, 달콤하게, 문제없어요.”

다방에서 오래 일했던 언니는, 머그잔에 커피를 타더니
쟁반에 잔을 놓았습니다.
그러더니 쟁반을 어깨만큼 올려서 한손으로 딱 받쳐 들고
엉덩이를 흔들며 걸어가서는
손님들 앞에 하나씩 내려놓았습니다.

“어머어머, 쟤 봐라, 쟤. 어쩌면 좋으니……
이따가 우리 회의해야겠다.”

그날 밤

"야, 후배야, 너 오늘 회의실에서 그렇게 커피 배달하던 티를
팍팍 내야겠냐? 엉덩이를 실룩실룩, 게다가 쟁반을 한 손으로 어
깨까지 받쳐 올리고. 너, 손님들 눈 휘둥그레진 거 봤어?"

"선배, 그게 그렇게 잘못한 거예요?
내가 10년도 넘게 다방에 있었잖아.
그게 습관이 되어서 나도 모르게 그런 건데, 그게 잘못이야?"

"잘못했지. 우리는 지금 술집이나 다방에 있는 게 아니잖아.
고칠 건 고치자고."

"그렇다고 이렇게 다 모인 데서 날 혼내다니, 언니 미워요.
나 삐질 거야. 쉼터 나가버릴 거야."

"야, 후배, 너 잘하라고 지적해 준 건데, 왜 울고불고 난리야.
어쨌든 너, 그 엉덩이 흔드는 걸음걸이 고쳐.
그리고 차를 나를 때는 쟁반을 얌전히 앞으로 받쳐 들고, 알았지?

뚝! 얼른 울음 그쳐, 뚝!"

"훌쩍, 훌쩍, 네…… 뚝!'

5. 햇살 좋은 어느 날

"아니, 이 좋은 날 왜 한숨을 그렇게 푹푹 쉬어?"

"어, 큰언니 언제 왔수? 내가 책을 읽는데,
　　여기 운동회 얘기가 나오잖아."

"근데, 왜 한숨이 나와?"

"나는 운동회에 한 번도 안 갔거든.
어릴 때 우리 집 사정 말했잖아.
김밥도 못 싸가지, 운동회 준비물도 못해
가지, 근데 어떻게 운동회 날 가냐고.
난 운동회 날마다 집에 혼자 있었어."

"그럼, 운동회 가서 밤 삶은 거 먹고,
김밥 먹고, 응원하고, 뛰고 던지고 그런 걸 안 해봤어?"

"안 해봤다니까…… 그래서 갑자기 슬퍼졌어."

"이제라도 그럼 해보면 되지 뭐, 어렵나?"

"진짜? 큰언니, 그럼 우리 운동회 한번 합시다!"

언니들은 운동회 준비를 했습니다. 밤을 삶았습니다.
김밥도 말았습니다.
음료수도 준비하고, 샌드위치도 만들었습니다.
응원할 때 흔들 도구도 만들었습니다.
간편한 복장에 모자를 쓴 언니들은
학교 운동장 한편에 돗자리를 깔았습니다.

"상상하자고. 지금 운동회가 열리고 있는 거야.
저기 하늘에는 만국기가 펄럭이고,
학생들이 릴레이를 하고 있고, 우리는 응원해야지?"

"청군 이겨라, 백군 져라!"
"백군 이겨라, 백군 이겼다!"

어려서 운동회를 해본 언니들이 앞장서서 가르쳐주고,
운동회 경험이 없는 언니는 따라도 해보고,
목이 쉬도록 응원을 했습니다.

"자, 이제 점심 시간이다! 밥 먹자!"

언니들은 둥그렇게 둘러앉아 김밥을 먹었습니다.
삶아온 밤을 꺼내 이로 꽉 깨물어 절반씩 쪼개
찻숟가락으로 폭폭 파먹었습니다.
꼴록꼴록꼴록 소리 내며 음료수를 마셨습니다.
빈 운동장은 조용하고, 바람이 살랑살랑 불었습니다.

6. 언니들은 밥을 무척 많이 먹습니다. 군것질도 매우 좋아합
니다.

"아니, 친구들, 왜 그렇게 많이 먹어요? 배부르지 않아?

배탈 나겠어요."

"큰언니, 우리는 돌아서면 배고파요. 예전에 일할 때,
날씬해야 하니까, 억지로 굶고 그랬거든요.
우리가 입던 작업복은 수영복 같은 옷이라
살찌면 주인이 막 화내요.
아 배고파. 여기 밥 좀 더 주세요."

"응, 그래서 배가 고프구나. 살찔까봐 하도 스트레스를 받아서
그것 때문에 마음이 채워지질 않았구나. 그래, 일단 먹고 보자.
친구들 뭐 먹고 싶어요? 밥 두 공기 추가?"

7. "친구들, 여기서 쓸 생활용품을 사야 하는데, 뭘로 살까요?
   각자 요구하는 품목을 적어보세요."

"나는 ○○표 비누랑 △△표 치약!"

"난 그 제품 싫어. 나는 ◆◆샴푸랑 ■■비누랑만 쓰니까,
그걸로 사줘"

‘아니, 어떻게 된 게 열이면 열, 사달라는 게 다 달라?
쉼터 소장 노릇도 못해먹겠다, 에휴 —’

각자의 기호대로 생활용품을
준비하던 소장은 언니들이 야속해졌습니다.

‘공동 생활인데, 생활용품 몇 가지는 같은 걸로 통일 좀 하지.
어쩌면 저렇게 자기 생각만 할까? 저마다 기호가 있긴 하지만.’

8. 그러던 어느 날 소장은 언니
   들이 회의하는 걸 문 밖에서
   우연히 듣게 되었습니다.

“야, 저쪽에 있는, 이주 여성을
돕는 쉼터에는 식비가 부족
하대. 우리가 너무
많이 먹는 거 아냐?
의리가 있지, 같이
나눠 먹어야지.”

"그럼 우리가 저금을 하는 건 어때?
저금을 해서 성금을 만들어서 그쪽에 나눠주자."

"생활용품 살 때도 그래. 우리가 각자 다른 걸 요구하니까,
큰언니가 장보기 피곤하겠더라.
이제는 웬만하면 통일 좀 하자."

"그러지 뭐. 이의 있냐? 없지? 그럼 통과다!'

언니들은 소장과 활동지원가, 그리고 동료 언니들과
서로 마음을 나누게 되었습니다.
마음을 나누면 허기까지 채워지는 걸까요.
언니들은 먹는 양도 자연스럽게 줄었습니다.

언니들은 소장과도 많이 친해졌습니다.

"어이, 큰언니, 큰언니는 진짜 세상 물정을 몰라도 너무 모른다.
이리 와봐, 내가 가르쳐줄게."

"그래, 좀 가르쳐줘. 나야 뭐 이런 단체에서 일이나 했지,
아는 게 있나."

소장은, 언니들에게 개인 교습도 받기 시작했습니다.
아는 걸 나누니 서로가 넓어지는 게 느껴졌습니다.

9. 언니들은 그동안 언니들의 몸을 사러 온 남자들만 만났습니다.
평범한 남자들을 가까이에서 대해본 적이 거의 없었어요.

"친구들, 우리 아들이 군대 가 있잖아. 거기 같이 면회 갈래?"

"어? 큰언니, 그래도 돼?"

"그럼 안 될 게 뭐 있어? 맛있는 거 싸가지고 같이 가자.
나들이 겸 청년들하고 이야기도 하고. 그런 경험도 필요해."

"정말 괜찮겠어, 큰언니? 우리 같은 여자가 거기 가도 돼?"

언니들은 띠띠빵빵 차를 타고

소장네 아들이 복무하는 부대로 면회를 갔습니다.

소장은 아들네 소대원들을 다 불러

언니들과 잔디밭에 빙 둘러앉아 이야기를 나누게 도왔습니다.

젊은 그들은 사람과 세상에 대해, 군대에 대해, 성에 대해

나눌 이야기도 많았습니다.

10. 돌아오는 길, 언니들이 소장에게 비장하게 물었습니다.

"큰언니, 솔직하게 말해줘. 만약에 말이지, 큰언니 아들이

결혼하겠다고 우리 같은 여자를 데려오면 어떻게 할 거야?"

"홈 ─ 글쎄. 선택은 아들에게 맡겨야지.

내가 같이 살 게 아니니까.

그리고 아들이 선택하면, 나는 잘 지내볼 거야.

친구들하고 잘 지내고 있는 것처럼."

"정말?"

"응, 노력해 볼 거야. 내가 혹시 그런 상황이 되었을 때,

‘절대 안 돼, 난 반대야’ 하고 팔 걷고 나서거든, 말려줘.
오늘 내가 친구들에게 한 말을 기억시키면서
정신 차리게 해줘.”

“알았어, 걱정 마. 우리가 약속 지키게 해줄게.
나중에 큰언니가 딴소리하면 우리가 큰언니를 혼내줄게.”

“그래, 제발 그래 줘.”

“큰언니, 그렇게 생각해 줘서 고마워!”

나는
이정표가
될래요

찌르르르룽, 찌르르르룽~
자명종이 울리기 시작했습니다.
눈도 뜨지 않은 채 방바닥을 더듬어
시계의 알람단추를 누릅니다.
시계는 요란한 소리를 멈추었습니다.
여러 달 전에 자명종으로 쓸 사발시계를 사러 갔더니
시계 생긴 것도 다양했지만, 사람을 깨우는 소리도 다양했습니다.
그 중에 제일 싫었던 게 있었습니다.
"주인님, 어서 일어나세요, 주인님 일어나세요~"
사람들은, 시계의 그 '주인님' 소리를 재미있게 들을지 몰라도
나는 '주인님'이라는 말을 듣는 순간, 소름이 끼쳤습니다.
몸의 자유를 잃었던 적이 있는 내게는,
'주인님' 소리가 그 아프던 기억을 되살리는 것 같았습니다.
나는 누구의 종이 되고 싶지 않기 때문에,
나는 누구의 주인도 되고 싶지 않습니다.
설사 자명종 시계의 주인이라 할지라도 그렇습니다.
결국 나는, 찌르르르룽~ 찌르르르르룽~ 하고 요란하게 우는,

아주 전통적인 자명종을 골랐습니다. 나의 선택에 만족합니다.

나에게 "아휴, 착하지, 얼른 일어나서 세수하고 이 닦자!" 하고
말해주는 엄마는 없지만,
나는 말 잘 듣는 아이가 되어
치카치카 이를 닦고, 푸푸 세수를 합니다.
나는 나의 엄마이며, 나는 나의 아빠이며, 나는 나의 아기입니다.
나는 나를 잘 돌보아주어야 합니다.
건강하도록, 바른 길로 가도록,
열심히 공부하고 열심히 살도록,
나는 나를 잘 키워주어야 합니다.
미니 밥솥에 쌀을 씻고, 밥을 안치고,
취사 버튼을 누르고 나는 집을 나섭니다.

06:30 am

아, 나올 때는 그렇게 싫더니,

막상 나오면 이렇게 기분이 좋아집니다.

날마다 아침 6시 전에 일어나는 건, 내게 정말 힘든 일이지만,

나는 더 자고 싶을 때마다

오후 2시, 3시에 깨던 그 시절을 생각합니다.

오후 늦게 일어나 전날 먹은 술 때문에

깨어질 것처럼 아픈 머리로,

업소의 주방 이모가 준 밥을 억지로 먹었습니다.

밤새도록 일하고 늦게 일어나고,

계속 남자를 받아야 해서 하루에 밥 한 끼도

겨우 먹었던 그 시절이 생각납니다.

목욕하고 얼굴을 잔뜩 찡그린 채 화장을 하고,

좋지도 않은 남자들을 만나 새벽까지 일을 해야 했던 그 시절.

나는 그 시절을 마감한 후,

일부러 아침 일찍 일어나는 일에 온 힘을 다하고 있습니다.

아침에 일어나는 새가 모이를 하나 더

주워 먹을 수 있다는 속담 때문이 아닙니다.

아침형 인간이 성공한다는 말 때문도 아닙니다.

아침에 일어날 수 있는 건, 선택받은 사람만 할 수 있는 일입니다.

아침에 일어날 수 있는 건, 자유로운 사람만 할 수 있는 일입니다.

나는 자유를 확인하고 싶어서,

내가 선택받은 사람이라는 것을 확인하고 싶어서

매일 새벽 일어나 졸린 눈 비비며

운동복을 챙겨 입고 이렇게 산을 오릅니다.

가벼운 등산은, 지난 날 성매매업소에서 약해져버린 내 몸을

보듬어주고, 일으켜주는 보약입니다.

나는 1년 사이에 많이 튼튼해졌습니다.

등산로 입구로 들어섰습니다.

자주 보는 얼굴의 아저씨와 아주머니들이 아는 체를 해주십니다.

나도 목례를 하거나 손을 흔들어 인사합니다.

저들의 평범한 이웃이 되는 이 아침이 행복합니다.

나는 한때 저들의 이웃이 될 수 없었습니다.

나는 이웃일 수 있었겠지만,

저들이 아마 나를 이웃으로 받아들이기 어려웠을 겁니다.

음, 그럴 수밖에 없는,

그들의 색안경을 나는 상당 부분 이해합니다.

날 개 를   달 다

산중턱 입니다.

나는 여기서 언제나 한번 멈추고 아래를 내려다봅니다.

산 위를 올려다도 봅니다. 이곳에는 이정표가 있습니다.

팔각정까지는 0.5킬로미터, 길을 넘어가면 암자로 이어진다는

이정표도 같이 달려 있습니다.

날마다의 내 손자국이 더해져

이정표는 반질반질하게 닳아 있습니다.

나는 여기서 이정표를 한번 쓸어보면서,

나의 꿈을 생각하는 겁니다.

오늘은 안개가 제법 있습니다.

내가 이 이정표 앞에 섰을 때, 날이 화창하고

아침 햇살이 찬란하게 솟아오르고 있으면 무척 행복합니다.

그런데 이렇게 안개가 끼어 있어도, 기분이 매우 좋습니다.

우리 할머니는 늘 그러셨습니다.

"봐라, 이렇게 아침에 안개가 끼면,

낮에는 날이 좋다는 소리다.

오늘 날씨 좋겠네."

그렇습니다. 아침에 안개가 짙으면 낮은 맑습니다.
나의 20대는 짙은 안개였습니다. 20대의 안개가 짙었으니,
나의 30대와 40대는, 나의 낮은, 화창하게 맑을 것입니다.
아자아자, 힘내자! 맑고 밝고 화창한 나의 낮을 위하여!

08 : 00 am

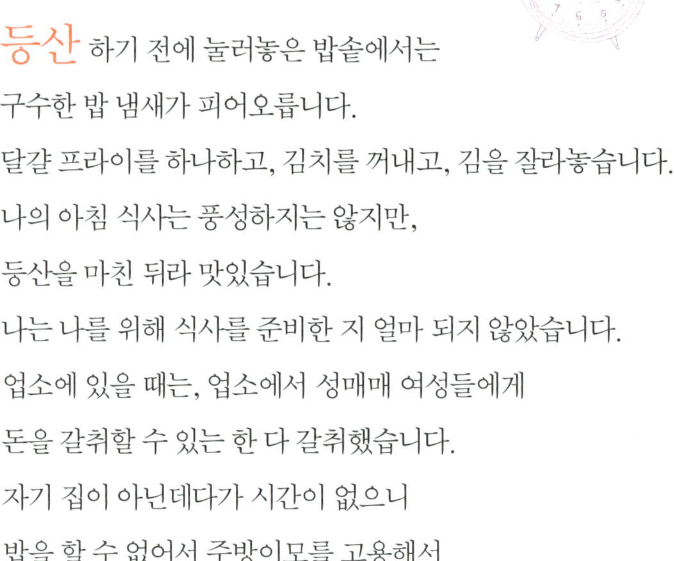

등산 하기 전에 눌러놓은 밥솥에서는
구수한 밥 냄새가 피어오릅니다.
달걀 프라이를 하나하고, 김치를 꺼내고, 김을 잘라놓습니다.
나의 아침 식사는 풍성하지는 않지만,
등산을 마친 뒤라 맛있습니다.
나는 나를 위해 식사를 준비한 지 얼마 되지 않았습니다.
업소에 있을 때는, 업소에서 성매매 여성들에게
돈을 갈취할 수 있는 한 다 갈취했습니다.
자기 집이 아닌데다가 시간이 없으니
밥을 할 수 없어서 주방이모를 고용해서

거기서 일하는 여성들이 같이 밥을 먹었습니다.

빨래할 공간도 빨래할 시간도 허용하질 않으니

속옷까지 다 빨아주는 빨래이모가 있었습니다.

물론 나는 그 돈을 다 내야 했습니다.

터무니없는 가격이라 그 돈은 다시금 내 빚으로 늘어나곤 했지만,

나는 내가 나를 돌볼 수 없었습니다.

그들은 내가 나를 돌보게 허용하질 않았으니까요.

그곳을 나온 이후,

나는 하루에 한 끼라도 밥을 지으려고 노력합니다.

밥을 짓는다는 것은, 내가 나에게 밥을 먹여준다는 뜻,

스스로 살아간다는 뜻.

자신을 위해 식사준비를 하는 사람이 되고 싶습니다.

나는 그래서 귀찮아도, 반찬이 없어도,

이 미니 밥솥에 밥을 해서 먹으려고 애씁니다.

나는 더 이상 업소 여성이 아니고 생활인이기 때문에,

생활인처럼 밥을 하고 밥을 먹습니다.

생활인의 모습에 익숙해지려고 나는 노력하고 있습니다.

언제나처럼 만원버스에 시달려 사무실에 도착.
그러나 어인 일인지 사무실에는 아무도 없었습니다.
내가 지각을 한 것도 아니지만,
특별히 일찍 온 것도 아닌데,
다들 어디로 갔을까 몹시 궁금했습니다.
곧 동료 상담원인 이 선생이 들어오고,
나는 사정을 알게 되었습니다.
오늘 새벽에 이 지역 유원지 호숫가에서
한 소녀가 경찰에 발견되었다고 합니다.
아마 죽으려고 호숫가를 배회했던 모양입니다.
경찰이 상담소에 소녀를 인계했고,
상담소 상담원들이 그 소녀를 데리고 병원에 갔다고 합니다.
임신이더래요. 성폭행을 여러 번 당했다며 울먹였다고 합니다.
상담소에서는 일단 의료서비스를 먼저 제공하면서,
나에게 다음 단계를 준비하라고 했습니다.
나는 쉼터에 소녀의 자리를 마련할 수 있도록 준비하고,
우리 상담소와 연계된 변호사들과도 연락을 취했습니다.

곧 변호사가 소녀를 찾아갈 겁니다.

나는 속으로 소녀에게 말했습니다.

'소녀야, 괜찮아. 너무 두려워하지 마.

너를 도와줄 준비가 되어 있단다.

나도 너처럼 성폭행을 당했어. 그리고 인생막장이라는 생각에

결국 성매매업소까지 가게 되었어.

그러나 너는 내가 도와줄게.

의료 서비스를 받고 법률 서비스를 받고, 상담을 받으면서

너는 다시 태어날 수 있어. 열일곱 살이라고 했지?

공부를 하든 취업을 하든,

살아갈 수 있게 우리가 도와줄게."

그렇게 생각하자, 나도 모르는 사이에

눈물이 한줄기 흘러내렸습니다.

내가 고등학생이던 그때, 늦은 밤 공사장 근처를 지날 때

성폭행을 당했을 때, 누군가 나를 도와주었다면,

나를 병원에 데리고 가 주고 변호사를 나에게 보내주고

여기 상담소 상담원 같은 분들이 나를 상담해 주었더라면,

그러면 나는 성매매 여성이 되지는 않았을 겁니다.

나는 비록 그런 생활을 했지만, 나 같은 아픔을 가진

이 소녀에게는 나 같은 길을 가게 할 수 없습니다.
이런 저런 내 지난날의 감상까지 더해져 코를 팽 푸는데,
이 선생이 커피 한 잔을 주었습니다.
"오자마자 정신없어서 커피 한 잔도 못했죠?"
나는 고개를 끄덕였습니다.
이 선생은 알고 있는 겁니다.
내가 그 소녀의 거취문제를 정리하면서 왜 훌쩍였는지,
내가 왜 코를 팽 푸는지, 이 선생은 다 알고 있는 겁니다.
나는 커피를 한 모금 마시며 이 선생을 바라봅니다.
이 선생은 어느 새 자기 일에 몰두하고 있어서,
나는 뒷모습이 많이 보이는 옆모습만 볼 수 있습니다.
나는 속으로 말해봅니다.
'이 선생, 고마워요.'

이 선생을 비롯한 상담원들에게,
내가 처음 한동안 속으로 한 말은 이랬습니다.
'진짜 재수 없다, 정말 잘나셨네. 오, 그러세요? 너나 잘하세요.'
물론 내가 전화해서 이곳을 스스로 찾아왔지만,
나는 이 상담소의 많이 배운 여자들이 참 재수 없었습니다.

좋은 일을 한다는 것도 알겠고,

마음이 좋은 사람이라는 것도 알겠고,

성매매 여성을 도와주려는 사람들이라는 건 알겠는데,

볼 때마다 이상하게 배알이 뒤틀렸습니다.

솔직히 나이도 비슷한데,

누구는 좋은 부모 아래서 대학 공부까지 하고,

다른 여자들을 도와줍네, 하며 있고,

누구는 부모 제대로 못 만나서 고생고생하다가

성매매업소까지 갔다가,

부모 잘 만난 여자들 도움을 받는다는 게

기분 좋을 수는 없었습니다.

"어차피 출신 성분이 다르잖아.

우리는 상담소 선생들한테 잘 보여서

우리가 빼낼 수 있는 이익만 빼내면 되지 뭐!"

쉼터 동기는 나에게 그렇게도 말했습니다. 그 말도 맞습니다.

나는 상담소의 도움이 필요했기 때문에 내가 찾아온 경우였고,

그래서 법률 지원 서비스부터 받았습니다.

일이 중간에 잘 풀리지 않을 때, 세상이 원망스러워서

나도 모르는 사이에 욕이 나오곤 했습니다.

그럴 때마다 내 옆에 있던 이 선생은 싱긋 웃었습니다.

나를 이상한 눈으로 보거나

비웃는 웃음이 아니라, ‘재밌네!’ 하는 웃음이어서,

나도 이 선생이 재미있어졌습니다.

어느 날인가는 찬물을 마시다가 얼굴을 찡그렸나 봅니다.

이 선생이 “치과 같이 갈래요?”

하고 말을 걸었습니다. 그리고 마치

내 친구나 되는 듯이 내 팔짱을 끼더니,

치과로 데려갔습니다. 데려가며 이렇게 말해주었습니다.

“있지요, 성매매 업소에서 온 언니들은,

이가 안 좋은 언니들이 많아요. 진상인 손님도 많지,

억울한 일도 많지, 업주와도 사건이 많지,

하도 긴장 상태인 시간이 많아서,

자신도 모르게 이를 악물고 있대요.

그래서 이가 안 좋은 거래요.”

그날 밤, 나는 쉼터에서 텔레비전을 보고 있었는데,

이 선생도 같이 있었습니다.

그이는, 내 옆으로 오더니, 내 엄지발가락을 펴주었습니다.

나는 내가 엄지발가락을 그렇게 꽉 오므리고

날 개 를 달 다

텔레비전을 본다는 걸 처음 알았습니다.
주먹도 꼭 쥐고, 이도 꼭 물고 텔레비전을 본다는 걸
처음으로 이 선생이 말없이 일깨워준 겁니다.
긴장을 풀도록 내 어깨를 잡고 주물러 주며
이 선생은 또 싱긋이 웃었습니다.
말은 하지 않았지만, 나는 이 선생이
나의 친구가 되어가고 있다는 걸 알 수 있었습니다.
이 선생의 직업이 여성 단체에서 일하는 거라
나에게 잘해주는 거든,
나와 인간적인 정이 쌓여서 잘해주는 거든,
내가 불쌍해서 잘해주는 거든
그건 중요하지 않은지도 모르겠습니다.
인생의 어느 시점에서 우리는 만났고,
그 시점은 특히 내게 중요합니다.
내가 잘 성장하는 것은 이 선생에게도 좋은 일일 테니,
우리는 같은 목적을 가진 동지인 셈입니다.
내가 물끄러미 바라보는 걸 이 선생이 눈치 챘나 봅니다.
이 선생이 '왜요?' 하는 표정으로 쳐다봅니다.
나는 나의 동지를 향해 말없이 그냥 빙긋이 웃어주었습니다.

그이가 나에게 했던 것처럼요.

11 : 40 am

마음을 진정시키고, 이번 주에 우리 상담소에서 한
활동들을 문서로 정리했습니다.
이 문서는 서울의 인권 센터로 보내지고
여성부로도 보내질 겁니다.
이렇게 컴퓨터를 활용하여 문서를 만들 때면,
고등학교 때가 떠오릅니다.
나는 실업계 고등학교를 다녔는데
컴퓨터를 잘 다루었습니다. 게임도 좋아했습니다.
특히 온라인 게임을 즐겼는데,
온라인상에서 동생을 사귀게 되었습니다.
열여섯 살이라는 동생은 나와 온라인상에서 대화도 많이 했는데,
가정 환경이 나보다 더 좋지 않았습니다.
가정 폭력이 심한 집에서 살면서

주유소 알바까지 하는데, 생활비를 자신이
벌어야 한다고 다방에 들어가겠다는 겁니다.
동생을 말리다가 의리를 소중하게 여기던 나는
같이 다방에 들어가게 된 겁니다.
나는 동생을 지켜주려고 같이 간 건데,
같이 수렁에 빠진 꼴이 되고 말았습니다.
나는 의리가 소중했기 때문에,
그 동생을 끝까지 책임지고 싶었는데,
동생은 쉼터까지는 나와 함께 왔지만,
다시 성매매업소로 돌아갔습니다.
그 애는 자기 집안을 먹여 살려야 하는데,
정부에서 마련해 준 성매매 여성을 위한 일자리 사업에
참여하는 걸로는 월급이 적어서 가족을 먹여 살릴 수 없었습니다.
그렇다고 열여섯 살부터 성매매업소에서 일한
그 동생이 다른 기술이 있을 리 없습니다.
나는 지금 동생과 연락이 닿지 않습니다.
하지만 이것만은 분명합니다.
장기적으로 언제든 받아주는 제도가 있다면,
동생도 돌아올 거라는 사실입니다.

동생도 그 일을 지긋지긋해 했습니다.

하지만 당장 재워주고 먹여주는 데가 없고,

동생네 가족을 부양해 줄 수 없으니 빠져나올 수 없는 겁니다.

성매매를 하던 여성이 성매매를 그만두면

3년에서 5년 정도는 국가에서 돌봐주면 좋겠습니다.

일자리를 가질 수 있게 교육을 시켜주고,

적은 돈이라도 월급을 주고,

성매매 일이 얼마나 자신을 파괴했는지 가르쳐주기를 원합니다.

험한 길로 갔던 사람에게, 다른 길을 안내해 주고

우회도로를 알려주면 좋겠습니다.

빈곤 계층과 장애인, 노숙자를 위한 제도처럼

성매매 여성을 위한 안전망도 장기적이면 좋겠습니다.

그래서 이 땅에서 성매매업소가 다 사라지면,

거기서 일하던 여성들은 사회 곳곳에서 일할 거고,

거기 뿌려지던 돈은 다른 곳에 투자될 테니까요.

성매매업소는 꼭 없어져야 합니다.

성매매 여성만을 위해서가 아니라

우리 사회 전체 여성과 남성을 위해서도 꼭 없어져야 합니다.

나는 자료를 만들다 말고, 자판 두드리던 손을 멈추었습니다.

내가 사는 지역에서 성매매업소와 유사 성매매업소가
얼마나 될까 궁금해져서입니다.
사실 정확한 통계는 없습니다.
왜냐하면 성매매업소에서만 성을 팔고 사는 게 아니라,
겉으로는 성매매업소가 아닌 것처럼 해놓고
성을 구매하게 하는 곳이 많아서입니다.
그러나 마음만 먹는다면,
성을 파는 유사 성매매업소를 못 찾아낼 리 없습니다.
다만 안 찾아내는 걸 겁니다.
나는 나중에 제일 먼저 그 일을 하고 싶습니다.
각 지역마다 성을 파는 모든 종류의 업소를 죄다 파악해서
그 업소들 문을 닫도록 하고 싶습니다.

12 : 30 pm

급하게 점심을 먹고 나서 보건소에 들렀습니다.
금연 패치를 붙인 지 일 주일이 지났습니다.

이제는 담배를 끊을 수 있을 것 같은 자신이 생겼는데,

그래도 혹시 몰라서 패치를 받으러 간 것입니다.

내가 나를 믿을 수 없을 때도 있는 법이니까요.

업소에서 일 하면서 나는 상당 기간 담배를 피우지 않았는데,

선불금을 당겨 받았을 때나, 진상을 만났을 때,

언니들이 담배를 권하곤 했습니다.

속상할 때 한 대 피면 낫다는 겁니다.

그러다보니 담배와 친해졌는데,

건강에 좋지 않다는 게 절로 느껴집니다.

게다가 좋지 않은 냄새도 나고, 어디에서 피워야 할까를

늘 고민하게 만들어서 그게 싫습니다.

나는 금연을 결심하고도 한동안 방법을 찾지 못했습니다.

물론 나 혼자 며칠씩 끊어본 건 여러 번이고,

독감에 걸렸을 때는 두어 달씩도 담배를 피우지 않았지만,

그 다음에는 늘 다시 피웠습니다.

담배를 마약이라고 하는 이유를 알 것 같습니다.

그러다가 나는 굳은 결심을 했습니다.

새로운 생에 대한 결심의 증거로 금연을 하기로 한 겁니다.

'담배 하나 못 끊으면서 내가 무슨 수로 새로운 생을 살겠어?

새로운 인생을 살자면 얼마나 유혹이 많고,

어려운 일이 많을 텐데,

이깟 담배 하나 못 끊으면 어떻게 이겨 나가겠어?

나는 열 번도 더 그런 결심을 하고,

혼자는 잘 못하겠으니까 보건소에 간 거였습니다.

어느 보건소에나 다 금연 클리닉이 있습니다.

상담도 해주고 개인에게 맞는 방법을 찾아줍니다.

나는 몸에 패치를 붙이는 방법을 쓰고 있는데,

현재로서는 잘될 것 같습니다.

가끔씩 담배 생각이 간절해지기도 하지만,

이렇게 달라지려고 노력하는

내 모습을 내가 보는 것이 뿌듯합니다.

나는 나를 막 칭찬해 주고 싶습니다.

길 가는 사람 아무나 붙들고 '나는 이런 이런 노력을 하고 있다,

칭찬해 달라'고 하고 싶어집니다.

바로 이겁니다, 내가 하고 싶은 일이.

해외 토픽에 유럽의 어느 포르노 배우 출신

여성 이야기가 나왔습니다.

이 여성은, 옷도 상당히 야하게 입고 국회에 등원합니다.

자신의 과거를 숨김없이 드러내서 국회의원이 되었는데,

화제를 몰고 다닙니다. 나도 그러고 싶습니다.

나의 지난 과거를 다 드러내고 국회에 등원하고 싶습니다.

성을 팔고 살 수 있는 환경을 완전히 뿌리 뽑는 법도 만들고,

성폭행 피해를 당한 여성들을 구해주는 법을

더 많이 만들고 싶습니다.

내가 후배하고 같이 ㅅ시의 성매매 집결지에 팔려갔을 때,

내 빚은 1,500만 원이었습니다.

그곳은 다시는 생각조차 하기 싫을 만큼 열악한 곳이었습니다.

거의 갇혀서 남자를 받아야 했습니다.

돈을 많이 받은 것도 아닙니다.

일인당 7만 원씩을 받아서, 그 중에 10퍼센트만 내게 주었습니다.

나는 그곳에서 사람으로 살지 않았습니다.

날 개 를   달 다

그곳은 전화도 못 쓰게 하고, 잠시 잠깐 어딜 가도

이모와 삼촌으로 불리는 사람들이 따라 다녔습니다.

내 빚 1,500만 원은 하나도 줄어들지 않았고,

나는 다시 ㄷ시로 팔려갔습니다.

그리 팔려가는 동안, 교통비며 밥값이 얹히더니,

금방 400만 원이 더 불어나 빚은 1,900만 원이 되었습니다.

ㄷ시의 방석집에서 일을 하다가,

고향에 1박 2일 외출 허락을 받았습니다.

몇 년 만에 고향에 간 거라 하루 더 묵고 싶어서

업주에게 전화를 했습니다.

하루만 더 있다 가겠다고요.

나는 내 물건을 업소에 모두 두고 왔기 때문에

그곳을 떠날 생각도 전혀 없었습니다.

그런데 업주는 전화에다가 마구 욕을 퍼부었습니다.

그 욕을 듣다보니 내가 왜 업주에게

사정을 해야 하는지 이상하게 생각되었습니다.

나는 돌아가지 않았습니다.

그러자 고향집으로 빚을 갚으라는 통지서가 날아왔습니다.

나는 상담소를 찾아가 상담을 받았습니다.

법률 지원을 받았지만, 재판 결과는 "갚아라"였습니다.

차용증을 업주가 가지고 있고,

내가 빚을 갚았다는 증거가 없다는 겁니다.

나는 주인에게 일수를 통해 빚을 갚아 나갔고,

원금보다 더 많은 이자를 갚았지만

증거가 없었던 겁니다. 억울했지만 어쩔 수 없었습니다.

나는 지금 개인 회생 신청을 하고 기다리는 중입니다.

나는 법이 이 땅에 사는 누구에게나 적용된다는 걸 몰랐습니다.

나 같은 사람에게는 대한민국의 법도 비껴가는 줄 알았습니다.

나는 지난날의 나처럼, 법이 있는지 없는지 통 모르는 사람들에게

"너를 위한 법도 있어. 너도 대한민국 국민이야" 하고

일러주는 일을 하고 싶습니다.

그러려면 앞에 나서서 법을 만드는 일을 해야 하니까

구의원, 시의원, 그 다음에 국회의원을 하면 좋겠습니다.

나는 내가 성매매 여성이었던 게 부끄럽지 않습니다.

나는 너무 어렸고,

그 일이 얼마나 고통스러운 것인지 몰랐습니다.

이제 알게 되었고, 알게 된 이상

그 길로는 다시는 가지 않을 것이며,

날 개 를   달 다

그 길로 가는 길목에서, 다른 여자 아이들이

그 길로 들어가는 걸 막으려는 겁니다.

그러니 나는 더 씩씩해야 하고 당당해야 하고,

나를 숨기지 않는 연습을 해야 합니다.

어쩌다가 발신자를 밝히지 않은 문자가 올 때가 있습니다.

"언니, 잘 있지, 보고 싶다" 이런 문자일 때도 있고,

"죽고 싶어, 복수해 줘" 이런 문자일 때도 있습니다.

나는 압니다. 이 문자를 보낸 이는,

ㅅ시에서 나와 같이 일하던 동료거나

같이 있던 동생이라는 것을.

나는 그 문자를 받은 날이면 다시 결심합니다.

내가 꼭 빼내줄게. 내가 꼭 도와줄게.

04 : 00 pm

동료 활동가들과 함께 아웃 리치를 나갔습니다.

우리 지역에서 성매매업소나 유사 성매매업소가

모여 있는 곳을 찾아가 언니들에게
필요한 물건을 전해주거나 도움이 될 만한 물건을 주고,
상담을 받을 수 있는 연락처를 알려주는 활동이 아웃 리치입니다.
오늘 챙겨 나간 것은 생리대와 화장지,
그리고 달콤한 과자였습니다.

지난번에도 나를 반가이 맞아주었던
단란주점 '장미'의 한 언니가 오늘도 나를 반겨주었습니다.
손까지 잡고는, 기다려진다고 자주 오라고 합니다.
내가 지난번에 주었던 시가 좋아서
수첩에 끼워가지고 다닌다고 보여주기까지 했습니다.
자주 느끼지만, 언니들은 정말 감성이 풍부합니다.
아름다운 시나 좋은 글을 무척 좋아합니다.
여느 문학 소녀 못지않습니다.
특히 힘내서 열심히 살자는 종류의 글을 좋아합니다.
언니들이나 보통 사람들이나 모두
'성실'에 대한 욕구가 가장 큰 것 같습니다.
그런데 그 여린 감성을 제대로 사회 속에서 꽃피우지 못하고
어두컴컴한 업소 안에서 좋은 날을 보내야 합니다.

날개를 달다

나는 성매매 업소의 어둠에 대해 누구보다 잘 알기 때문에,
'장미' 단란주점의 언니 손을 더욱 꼭 잡았습니다.
내 휴대전화 번호를 적어주고
우리 상담소 전화번호도 따로 적어주었습니다.
언젠가는 저 언니도, 단란주점을 나와서
나와 같은 자리에 앉게 될 거라고,
내 옆에 나란히 서게 될 거라고 믿어봅니다.

8 : 00 pm

쉼터의 동기들과 만났습니다.
언제 만나 소주 한잔 하자고 해놓고
다들 일이 바빠서 모이기도 쉽지 않습니다.
우리는 첫 잔은 우리가 만난 것을 기념하여 건배했고,
두 번째 잔은 쉼터 생활을 같이 견뎌낸 것을 축하하며 건배했고,
세 번째 잔은, 10년이고 20년이고 잘 살자고
다짐하며 건배했습니다.

그 다음부터는 마실 사람은 계속 마시고,
싫은 사람은 안주만 축내며 이야기를 나누었습니다.
나는 실내 포장마차 간판을 달고 있는 가게에서
자꾸만 안을 둘러보았습니다.
여기저기 모여앉아 술을 마시는 사람들,
더러는 웃고, 더러는 찡그리고,
테이블에 아예 얼굴을 박고 있는 취한 사람도 있지만,
그들은 모를 겁니다.
이렇게 소주잔을 기울이는 것이 얼마만치 큰 행복인지를.

나는 성매매업소에서 일할 때도 가끔 소주를 마셨습니다.
진상을 만났을 때, 업소 사장 때문에 진탕 열 받았을 때,
고향 생각나고 엄마 아버지 생각날 때,
나를 처음 이런 곳에 빠지게 만든 동생 생각날 때,
나도 모르는 사이에 불어난 빚이 암담할 때,
그럴 때마다 나는 소주를 마셨습니다.
그때 마시는 술은 썼습니다. 그 쓴 소주를 꼭 취하도록,
취해서 정신을 잃도록 마셨습니다.
그러나 그 일을 그만두고,

성매매가 아닌 일로 돈을 벌어서 마시는 술은,

그렇게 쓰지 않았습니다.

죽을 만큼 퍼 마셔서 취하는 일도 없었습니다.

더불어 이야기하고 웃으며 마시는 술은 달 때도 많았습니다.

우리는 기분 좋을 만큼만 마셨습니다.

내일 출근도 해야 하니까요.

열심히 잘 살자고, 그리고

성매매업소에 다시 가고 싶은 유혹이 일면

얼른 서로서로에게 말하자고,

그래서 서로 말려주자는 농담을 하며 헤어졌습니다.

그러나 그건 꼭 농담만은 아니었습니다.

내가 내 힘만으로 버티는 게 어려울 때는,

누군가 나서서 말려주길 바라게 됩니다.

그럴 리야 없겠지만, 우리들 중에서 누군가

다시 재유입 유혹을 받으면 나는 도시락 싸들고

매일 그 친구네 집으로 출근할 겁니다.

그래서 기어이 막아낼 겁니다.

다이어리에 오늘 있었던 일에 대한 간단한
메모를 하고 세수하고 이 닦고 잠자리를 준비합니다.
자리에 앉아 잠시 두 손을 모으고 눈을 감습니다.
명상이라면 명상이고, 기도라면 기도입니다.
눈을 잠시 감았다가 뜨면,
바로 앞에 붙여놓은 나의 사진이 보입니다.

"정상까지 1.2 킬로미터"라고 적힌
이정표 옆에 서 있는 사진입니다.
사진 속의 나는 이정표가 가리키는 대로
손으로 정상 방향을 가리키며 장난스럽게 웃고 있습니다.
저 사진을 찍을 때만 해도, 나는 내가
이정표가 될 꿈을 가지리라고는 생각하지 못했습니다.
그러나 나는 이제 분명하게 이정표가 되고 싶습니다.
내 인생에서도 정상은, 고지는
1.2킬로미터밖에 남지 않았다고 믿고 싶습니다.

내 몸에 행선지를 새기고,
내 인생 자체가 이정표가 되고 싶다고 했더니,
어느 분이 쓸쓸히 웃으며 제 어깨를 두드려주었습니다.
"알지? 이정표는 행선지를 몸에 새기고 서 있지만,
정작 자신은 목적지에 가지 못한다는 거. 그래도 괜찮겠어?"
네, 괜찮습니다. 나는 누군가 나를 보고 길을 찾으면 그뿐,
그걸로 만족하는 이정표가 되겠어요.
내가 대중 앞에 나서서, 나의 과거를 밝혀서
일을 하고 싶은 이유도,
이정표 노릇을 더 잘하기 위한 거랍니다.
이정표가 숲속에 숨어 있다면,
그래서 아무의 눈에도 보이지 않는다면,
그게 무슨 이정표겠어요?

나는 오늘도 내 몸에 길을 새깁니다.
"이 길로 가세요, 저 길은 아니에요,
목적지가 그리 많이 남지 않았으니
힘내세요, 나를 보고 길을 찾으세요. 길은 이쪽입니다."

그래, 내일은 오늘보다 나아질 거야

강물이 흐르고 시간이 흘렀습니다.
보내고 싶던 과거도, 잊고 싶던
기억도 흘렀습니다.
성매매업소를 나와서 자활 프로그램에
참여한 언니들의 특별한 하루하루도
흘러갑니다.

생긴 모습이 다르고, 말투도 생각도 다르고
새로운 직업을 준비하는 과정도
달랐던 언니들이 다시 모였습니다.

"와, 볼살이 통통해지니까 오히려 애기 같아졌다. 다들 요즘 어떻게 지내?"

"현장 상담 활동 계속하고 있어요. 스물두세 살 된 언니들하고 상담하다가, 진짜 솔직하게 툭 터놓고 얘기하고 싶을 때가 한두 번이 아니에요. '언니, 나도 그 바닥에 오래 있었거든? 그러니까 내 말 똑바로 잘 들어!' 이러고 싶을 때도 많다니까! 그런데 내가 상담하면 확실히 효과가 있긴 있어요. 진심으로 언니들을 위해서 내가 이야기한다는 걸 언니들이 아는 것 같아요. 그 언니들한테는 나 같은 진짜 상담가가 필요하다니까. 난 능력 있는 상담가가 될 거야. 내 말 맞지?"

〈열일곱 살 소녀에게 쓰는 편지〉의 주인공

"다들 여기 좀 봐. 나 이번에 임대 아파트에 들어갔어. 축하해 줘. 이제 집 걱정 안하고 살겠다 싶으니까 날마다 천국이야. 요가 자격증 따고 나서 미용사 자격증 따길 잘한 것 같아. 미용실에서 보조로 머리만 감길 때는, 이러다가 내가 언제 독립해서 밥벌이하며 사나 싶었는데 꾹 참고 2년 견디니까, 결국 가위를 잡게 되던 걸요? 자, 일단 내 명함부터 받으시고,

나한테 머리 하러 오세요, 세련되게 잘 해줄게."

"친구, 이게 얼마만이야? 우리 둘이 제일 먼저 쉼터
에 들어왔었지. 그 다음에 쟤네들이 들어오고. 와, 그게 벌써 4
년이나 됐나? 한식조리사? 내가 그거 딴 지가 언젠데? 실기 시
험에서 떨어진 얘긴 왜 자꾸 하고 그래. 삼수해서 붙었다니까.
한식집 주방 보조하다가 지금 쉬고 있어. 한식 주방일이 제법
세더라고. 몸이 좀 나아지면 다시 큰 식당 주방으로 들어가려
고. 돈 모아서 테이블 한두 개 있는 내 분식집이라도 차릴 때까
지는 딴 생각 안하려고. 남자? 아이고, 나는 남자 징글징글해.
당분간은 혼자 살 거야."

"혼자 살긴 왜 혼자 사냐? 우리가 언제 제대로 된 남
자를 만나보기나 했게? 난 진짜 날 사랑하는 남자를 만났어.
나도 진짜 그 사람 사랑하는 것 같아. 결혼할 거야. 나도 다른
여자들처럼 애 낳고 '아들아, 딸아, 제발 공부 좀 열심히 해!'
소리도 지르고, '여보! 반찬 투정 좀 하지 마. 여보, 나 얼마큼

사랑해?' 이런 소리 하면서 살고 싶어."

〈진짜 사랑 사용 설명서〉의 주인공

　　"난 요즘 고민이야. 발 마사지사 자격증 따고 취직
도 했잖아. 내가 다니던 발 마사지 자리, 그 자리가 보수도 괜
찮았는데, 이번에 쉼터 후배에게 넘겼어. 나만 혜택 받으면 안
되잖아. 나 잘 했지? 다시 일자리 찾아야 하는데, 좀 걱정돼. 그
래도 내가 거울 보면서 나한테 그랬어. '야, 너 잘 하고 있어.
아무리 힘들어도 성매매업소로 돌아가지 않았잖아. 넌 그것만
해도 성공한 거야.' 솔직히 나는 중간에 힘들 때, 친구들에게
창피해서 말은 안했지만, 다시 업소로 돌아갈까 말까, 그런 생
각도 자주 했거든. 다들 나한테 박수 안 쳐줘? 나 잘 견디고 있
는 거 맞지? 그리고 일자리 있으면 나 소개시켜 줘."

〈열다섯, 그때로 돌아가고 싶어〉의 주인공

　　"있잖아, 나는 요즘 커피 집에서 일해. 커피도 내리
고 샌드위치도 만들고. 그런대로 잘 하고 있어. 그리고 밤에는,
내가 배운 목공기술 살려서 문패를 만들고 있어. 내가 그 동안
신세진 사람들한테 하나씩 만들어서 선물하려고. 진득하게 기

다려, 여기 친구들에게도 하나씩 만들어 보내줄게. 그 대신 나
중에 집 사면, 내가 만들어준 문패를 대문 옆에 꼭 달아야 해.
그 약속해야 만들어준다. 장수풍뎅이? 요즘도 키워. 왜, 분양
해 줘?"

나무로 만든 도톰한 문패를 선물로 준다니까,
언니들은 환호했습니다.
문패를 먼저 받으면 내 집 장만 시기도 앞당겨질 것 같습니다.

"나도 축하받고 싶어. 나 이번에 장학금 받았다! 대
입 검정고시 치르고 나서, 당장 먹고 살 것도 없으면서 대학에
가는 게 무슨 의미가 있을까 고민도 많이 했는데 대학 오길 잘
한 것 같아. 의외로 나이 들어서 대학 오는 사람들도 많더라.
꿈만 같아, 내가 대학생이 된 게. 아르바이트가 고되긴 한데,
그래도 공부를 열심히 하게 돼. 근데, 열심히 사는 사람 진짜
많더라. 내가 어렸을 때, 대학교 구경도 시
켜주고 도서관도 견학시켜 주고, 열
심히 사는 사람이 얼마나 많은지 누

가 가르쳐만 줬어도 나는 성매매업소 같은 데는 안 갔을 거야. 나는 졸업하면 복지사 공부도 또 할까봐. 가출 청소년들도 돕고 싶어. 나 같은 애 하나라도 줄여야지."

"어휴, 너 진짜 철들었다. 욕도 하나도 안하네? 나랑 같이 쉼터에 있을 때는 완전 욕쟁이더니. 어쨌든 너 복지사 꼭 돼라. 안 되면 너 나한테 맞아 죽는다! 난 내 얘기 안할래. 아직 정리가 안 됐어. 아, 왜 그런 눈으로 쳐다봐? 걱정 마. 내가 성매매업소로 유턴한 건 절대 아니니까. 하여튼 벽이 높긴 높은 것 같아. 나는 그 시절을 다 지워버렸다고 생각했는데, 가끔 꿈에도 나오고, 나 좋다는 남자가 나타나면 겁이 나는 거야. 저 남자가 내 과거를 알아내면 어쩌지, 누가 저 남자에게 내가 그런 여자였다고 꼰지르면 어쩌지, 그런 걱정. 나, 개명 신청하고 싶어. 나도 개명 신청할 수 있나? 그리고 주민등록번호도 바꾸고 싶어. 주민등록번호 바꾸는 방법은 없어? 나는 새 사람이 되었는데, 왜 날 새 사람으로 안 봐주느냐고. 그게 나는 젤 속상해."

"자, 일단 제 명함부터 받으시고! 명함 다 받았어? 내가 국회부터 진출할 거라고 했지? 나는 다음 주부터 여성 정치 지도자 과정에 다닐 거야. 등록했어. 내가 꼭 성매매가 아예 없는 세상을 만들 거야. 나한테 나중에 투표하려면 그 명함 잘 가지고 있어! 그리고 나랑 도배사 할 사람 없어? 나 도배사 교육 다시 받았는데, 일정을 조절할 수 있으니까 나 같은 사람한테는 좋더라. 일이 좀 불규칙하긴 한데, 뛰기 나름이지 뭐."

<나는 이정표가 될래요>의 주인공

"아이고, 예나 지금이나 큰 소리는! 벌써 국회의원 다 됐다. 우리 한번 외쳐줄까? ●●●를 국회로!"

"이렇게 다시 모여줘서 고맙다. 지난날을 숨기고 살아야 하는지 드러내야 하는지 사실 나도 잘 모르겠어. 우리 그것도 같이 차차 고민해 보자고. 그리고 먹고 사는 문제는 누구나 다 고민하는 문제야. 내 힘으로 보람 있는 노동을 해서 먹고 살고, 내 직업을 떳떳하게 말할 수 있으면 된 거 아냐? 어쨌든 우리는 새로운 선택을 한 용기 있는 사람들이야. 그걸 잊지 말자. 자, 용기 있는 우리를 위해 박수!"

내일은 오늘보다 더 나아질까요? 언니들은 아직 모릅니다.
과거는 깨끗이 지우는 것이 좋을까요,
잊지 않고 간직하는 게 좋을까요?
언니들은 그것도 잘 모르겠습니다.
사회가 언니들을 온전히 다 받아들여 줄까요?
그것도 자신 없습니다. 다만 언니들은 기억하고 싶어요.
막다른 길에서도 찾아보면 다른 길이 있다는 사실을요.
다른 길을 선택한 용기가 언니들의
가장 큰 재산이었다는 사실도요.
그리고 여러해 전, 갇혀 살던 성매매 여성들의 목숨과 바꾼
희생으로 새로운 법이 만들어지고, 그 법의 혜택과 지원을
받았다는 사실도 잊지 않을 겁니다.

언니들이 세상에 태어난 데는 아름다운 이유가 있을 거예요.
그 아름다운 이유를 찾아, 언니들은 먼 길을 둘러둘러
오늘 우리 옆에 와 있습니다.
언니 손을 잡아 주세요. 언니들은 우리 손을 잡기 원합니다.

성매매 예방과 피해자 보호를 위한 긴급 전화

성매매 피해 신고 및 상담 전화

117 (학교 여성폭력피해자 긴급지원센터)

1366 (여성긴급전화)

신고 및 상담 • 학교 폭력, 가정 폭력, 성폭력, 성매매에 관련한 상담과 신고 접수
보호 및 지원 • 상담, 수사, 의료, 법률 지원 및 연계 서비스

청소년 상담(구조) 전화

1388

긴급 구조 • 고민 상담, 폭력, 가출, 학대 등 위기 상황의 신고 접수 및 긴급 구조
보호 서비스 • 정서적 지원, 일시 보호, 자립 자활 교육, 진로, 취업 지원, 의료 및 건강 지원, 쉼터와 그룹 홈 지원 등

아동 학대 신고(상담)전화

129 (보건복지콜센터)

1577-1391 (전국아동보호전문기관)

신고 및 상담 • 아동학대(신체적 · 정신적 · 성적 폭력, 가혹 행위, 유기, 방임 등)
신고 의무 • 아동복지법 제26조에 의하여 아동 학대를 알게 되면 아동보호전문기관 또는 수사기관에 신고해야 합니다.
전문 서비스 • 아동학대 신고 접수, 현장조사, 피해아동과 학대행위자에게 전문적 서비스 제공 및 연계

긴급 구조, 상담 · 의료 · 법률 지원과 자활 지원이 필요하면 연락주세요.

서울

다시함께센터	02-814-3660	www.dasi.or.kr
(사)막달레나공동체 상담센터 '이나'	02-794-6384	www.magdalena.or.kr
성매매없는세상 '이룸'	02-953-6279	www.e-loom.org
성매매피해자위기지원센터	02-942-8297	9428297@hanmail.net
소냐의집	02-474-0746	www.sonya.or.kr

부산

(사)여성인권지원센터 '살림'	051-257-8297	www.wom-survivors.org
사회복지법인 꿈아리 '부전현장상담센터'	051-816-1366	www.chamwomen.org
해솔상담센터	051-740-5377	http://w1316.org

인천

(사)인천여성의전화 부설 성매매피해상담소	032-501-8297	www.hotline21.or.kr

대구

대구 광역시 성매매피해상담소	053-256-7300	www.daegu.go.kr/women
(사)대구여성회 부설 성매매여성인권센터 성매매피해상담소 '힘내'		
	053-422-8297	www.himne.org

광주

(사)광주성매매여성인권지원센터 부설 광주성매매피해상담소 '언니네'		
	062-431-8297	www.gj8297.com

대전

대전여민회 부설 성매매여성인권지원상담소 '느티나무'		
	042-256-8297	www.tjwomen.or.kr

울산

울산성매매피해상담소	052-249-8297	www.ywca8297.kr

경기

두레방	031-841-2609	www.durebang.org
(사)경원사회복지회 부설 현장지원센터 '열린길'	031-747-0117	www.happywithus.org
(사)수원여성의전화 부설 '어깨동무'	031-222-0122	www.suwonhotline.or.kr
파주여성인권센터 '쉬고'	031-957-5083	
		happylog.naver.com/ecogender.do
평택 새움터 부설 현장상담센터	031-663-4656	swoom2@chol.com

강원

(사)강원여성인권지원공동체 '춘천길잡이의 집'	033-243-8297	
		chsmm8297@naver.com

충청

구세군 천안 여성현장상담센터	010-4873-1362	www.ddd3.co.kr
청주가정법률상담소 부설 충북여성인권상담소 '늘봄'		
	043-257-8297	www.bombom.or.kr

전라

(사)전북여성인권지원센터 부설 현장상담센터	063-232-8297	www.yonggamhan.org
순천여성인권지원센터	061-753-3644	www.nanuricenter.or.kr
여수성매매피해여성현장상담센터' 새날지기'	061-662-8297	www.saenalgiki.or.kr

경상

경북성매매피해여성현장상담센터 '새날'	054-231-8297	www.saenal8297.org
마산YWCA부설 경남여성인권지원센터	055-246-8297	www.sangdam8297.or.kr
(사)경남여성회 부설 여성인권상담소	055-273-2241	www.knwm.com

제주

(사)제주여성인권연대 부설 제주현장상담센터 '해냄'		
	064-702-8297	www.jwr.or.kr

성매매 없는 세상
우리가 만들 수 있습니다

샨티의 뿌리회원이 되어
'몸과 마음과 영혼의 평화를 위한 책'을 만들고 나누는 데
함께해 주신 분들께 깊이 감사드립니다.

개인

이슬, 이원태, 최은숙, 노을이, 김인식, 은비, 여랑, 윤석희, 하성주, 김명중, 산나무, 일부, 박은미, 정진용, 최미희, 최종규, 박태웅, 송숙희, 황안나, 최경실, 유재원, 홍윤경, 서화범, 이주영, 오수익, 문경보, 최종진, 여희숙, 조성환, 김영란, 풀꽃, 백수영, 황지숙, 박재신, 염진섭, 이현주, 이재길, 이춘복, 장완, 한명숙, 이세훈, 이종기, 현재연, 문소영, 유귀자, 윤홍용, 김종휘, 이성모, 보리, 문수경, 전장호, 이진, 최애영, 김진회, 백예인, 이강선, 박진규, 이욱현, 최훈동, 이상운, 이산옥, 김진선, 심재한, 안필현, 육성철, 신용우, 곽지희, 전수영, 기숙희, 김명철, 장미경, 정정희, 변승식, 주중식, 이삼기, 홍성관, 이동현, 김혜영, 김진이, 추경희, 해다운, 서곤, 강서진, 이조완, 조영희, 이다겸, 이미경, 김우, 조금자, 김승한, 주승동, 김옥남, 다사, 이영희, 이기주, 오선희, 김아름, 명혜진, 장애리, 한동철, 신우정, 제갈윤혜, 최정순, 문선희

단체/기업

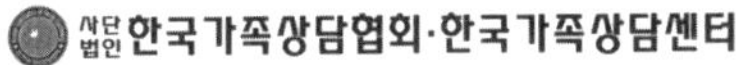
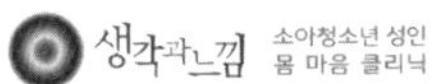

이메일로 이름과 전화번호, 주소를 보내주시면 샨티의 신간과 각종 행사 안내를 이메일로 받아보실 수 있습니다.

전화 : 02-3143-6360 팩스 : 02-6455-6367
이메일 : shantibooks@naver.com